Impressum:

Bibliografische Information der Deutschen Nationalbibliothek: Die Deutsche Nationalbibliothek verzeichnet diese Publikation in der Deutschen Nationalbibliografie; detaillierte bibliografische Daten sind im Internet über dnb.dnb.de abrufbar.

© 2019 Stephan Albert / VTD / eMail: albertus-books@gmx.de

Herstellung und Verlag: BoD – Books on Demand, Norderstedt

ISBN: 9783749485673

Stephan Dettmeyer

Los geht's, Puppe!

Roman

Autor

...studierte Geophysik, Literatur und Philosophie / freiberuf-
lich seit 1984 als Kolumnist, Fotograf, Kabarettist und Schrift-
steller

Personen: Hertha Dietz

In den Zwanzigern

In den Sechzigern

Emma Dietz	- Herthas Mutter
Wilhelm Dietz	- Herthas Vater
Ella Tölpe	- Herthas Tante
Albert Tölpe	- Herthas Onkel
Willy Tölpe	- Herthas Cousin

Max Koppel	- Herthas Ehemann
Wernfried König	- Bauunternehmer und Staatssekretär
Minna	- Herthas Dienstmädchen
Frieda Tölpe	- Herthas Freundin / Ehefrau von Willy
Claudia Sponholz	- Herthas Freundin / Frau des Bankiers
Emanuel Sponholz	- jüdischer Bankier
Arno Schibach	- Nazibonze u.v.a.

2006 - Ein Friedhof in New York

Es herrscht eine mystische unwirkliche Stimmung. Neblige Dämmerung. Hier und da brennen Kerzen auf Gräbern. Ein frisch ausgehobenes Grab wie ein schwarzer, bodenloser Schlund. Auf dem Hügel der ausgehobenen Erde neben dem Grab liegen Kränze mit Schleifen und Blumengebinde. Im Hintergrund schemenhaft die Freiheitsstatue.

Eine schmale männliche Gestalt in einem langen Mantel, die

Kapuze des Mantels über den Kopf gezogen, kommt bedächtig auf einem schmalen Sandweg zwischen den Gräbern einhergeschritten. Wäre der Mantel weiß, könnte man an Ku-Klux-Klan denken. Doch die Farbe des Mantels ist ein dunkles Rot. Purpurrot!

Die Schippe trägt ER über der Schulter. ER ist der Totengräber. Seine Augen, hinter der Brille mit dem schwarzem Gestell und den gelben Gläsern, sieht man nicht. ER hinkt leicht.

Oder ist ER in Wirklichkeit vielleicht der Tod, oder das Schicksal, oder...?

Man weiß es nicht!

Jetzt verharrt ER vor dem offenen Grab. Auf dem Grabstein ist zu lesen:

'Hertha Dietz 1907 - 2006 - in Frieden!'

ER schiebt die Kapuze vom kahlen Kopf in den Nacken, stellt die Schippe auf den Boden und spuckt in die Hände.

ER grient in sich hinein und schüttelt missbilligend den Kopf: "Da liegst du nun, tot. Ich an deiner Stelle hätte die Hundert vollgemacht. Aber immerhin... - neunundneunzig Jahre sind auch kein Pappenstiel. Herzlichen Glückwunsch, Puppe!"

ER nimmt einen der Blumensträuße von dem seitlichen Hügel und wirft ihn in das Grab hinab auf den Sarg. Ein altes Grammophon mit einem Schalltrichter aus Messing, das in einer benachbarten tempelartigen Gruft zwischen den Säulen des Portals auf dem Boden steht, spielt Herthas Lied "Schmetterling, flieg!"

Dass das Lied Herthas Lied ist, können wir noch nicht wissen.

ER schon.

ER schippt die Erde in die Grube auf den Sarg. Er schippt und schippt und schippt...

Der Anfang der Geschichte wird durch die Geburt von Hertha am 17. Juni 1907 in Berlin, genauer - Berlin Koppenstraße, ganz in der Nähe des Schlesischen Bahnhofs, wie der Ostbahnhof damals heißt - festgelegt.

1923 - Berlin / Koppenstraße

Den Berliner Kiez, der sich in der Gegend um den 'Schlesischen Bahnhof' befand, kennt man aus alten Schwarzweiß-Filmen und Postkarten jener Jahre. Eine stark belebte Mietskasernengegend. Ein Stück proletarisches Ur-Berlin!
Aber die Gegend ist weniger Trist, als die alten Bilder weismachen wollen. Hinter mancher heutigen bunten Fassade geht es finsterer zu!
Denken wir uns also in die alten Fotos ein bisschen Farbe hinein. Es ist ja auch ein sonniger Vormittag. Vielleicht Mittwoch.

Und da sehen wir sie schon - unsere drei Puppen!
Drei Mädchen, sechszehn Jahre alt... Hertha, Claudia und

Frieda. Sie sind sehr auffällig nach der Mode der Zeit gekleidet und kokettieren mit Gott und der Welt. Sie sitzen auf dem
Bock einer Milchkutsche, deren Deichsel sich, weil kein Zug-
pferd eingespannt ist, auf dem Pflaster der Straße abstützt. Die
drei Puppen schwatzen viel, kichern häufig und halten unentwegt Ausschau, ob sie denn auch hinreichende Aufmerksamkeit bei den Passanten erregen.

Die allgemeine Materialknappheit, die vornehmlich den Folgen des letzten Krieges geschuldet ist, hatte zu einem gewissen
Pragmatismus in der Mode geführt. Die Frauen befreiten sich
von ihren Korsetts und anstelle von auffallenden Kleidern mit
großen Puffärmeln trugen sie simplere Shirt Kleider, auch oft
'Sackkleider' genannt, mit tief sitzender Taille, die die weibliche Figur nicht betonten.

Hertha trägt solch ein Sackkleid, aber es ist so eng, dass es ihr
beim Sitzen ständig bis fast zu den Hüften hinauf rutscht. Aber
ihre Beine können sich sehen lassen. Und wenn der Zwickel
unter dem Rock hervor blitzt, schert sich Hertha auch nicht
sehr darum. Ihre kleinen goldenen Ohrringe, in die jeweils ein
winziger geschliffener rotblitzender Rubin gefasst ist, verleihen
ihrem Gesicht im hellen Tageslicht etwas sehr Weibliches.

Aber es gilt als schick, möglichst burschikos zu wirken. Nicht
so zimperlich.

Diesen burschikosen Eindruck versuchen die drei Puppen
noch durch gelegentliches Ausspucken von ausgekauten Son-
nenblumenkernen zu verstärken. Wenn es einer von ihnen
gelingt, einem Passanten in den Rücken zu treffen, wird sie
bejubelt. Wenn der getroffene Passant den Treffer bemerkt

und sich umschaut, begegnen ihm die drei Puppen mit einem einhelligen "Is wat, Opa!?"

Oder gegebenenfalls - "Is wat, Oma!?"

Drei Jungs, im ungefähr gleichen Alter wie unsre drei Puppen, lungern auf der anderen Straßenseite auf dem Schaufenstersims eines kleinen Friseursalons - 'Haarkunst Krawulke - für Damen & Herren'! Alle drei sind aus der Gegend, wenn auch ein paar Kreuz- oder Querstraßen von der Koppenstraße entfernt. Sie sind arbeitslos und versuchen sich auf dem 'Schlesischen Bahnhof' als Gepäcksträger ein bisschen Geld zu verdienen, was sie zwar untereinander zu Konkurrenten, aber auch zu Kollegen und Freunden macht. Die Zeit können sie sich einteilen, wie es ihnen beliebt. Momentan beliebt es ihnen, zu pausieren. Sie rauchen natürlich - wer nicht raucht, ist kein Mann! - und halten die drei Puppen drüben auf der anderen Straßenseite, denen sie schon einige Male begegnet sind, unter ständiger unauffälliger Beobachtung.

Bernhardt, der vielleicht älteste und am erwachsen wirkende, meint: "Ick gloobe, heute wird det wat mit die!"

Wilhelm Dietz, der Vater von Hertha, kommt aus dem Dunkel der Toreinfahrt, vor der die Milchkutsche steht, und schleppt eine Milchkanne zur Kutsche. Er trägt Holzpantinen, Lederschürze und eine lederne Schirmmütze. Der Kuhstall befindet sich im dritten Hinterhof, wo noch nie ein Sonnenstrahl auf den festgetretenen ewig feuchten Dreck des Hofbodens gefallen ist. Zu besten Zeiten im Krieg standen dort zwanzig Kühe im Stall. Jetzt noch sieben.

Den Inhalt der Kanne kippt Wilhelm - unter lautem Stöhnen, das aller Welt von seiner Anstrengung künden soll -, in den Milchtank, der auf der Kutsche befestigt ist.

Hertha dreht sich um und fragt ihren Vater: "Na Vata, hamse jut jestruzt?"

Wilhelm seufzt aus tiefster Seele: "Ach, von wat denn? Von wat solln die strutzn? Die arm Viecha. Een Wunda, det die übahaupt noch Milch jehm. Det is doch keen Futta... Imma bloß Stroh...!"

Hertha kichert: "Hastet schon ma mid Jeld vasucht?"

Frieda holt ein Bündel Geldscheine aus der Handtasche und wedelt damit in der Luft: "Millionen, Milliarden... - als Futta für det liebe Vieh... oda Kompost für den Jarden!"

Claudia verkündet: "Ick möchte keene Kuh sein!"

Der Vater winkt ab und geht in den Milchladen, der im Souterrain der Mietkaserne liegt.

"Die Kühe sin jemolkn. Ick jeh dann zu Otto!" - informiert Wilhelm seine Frau Emma, die im Milchladen residiert.

Emma gibt ihm, wie jeden Tag, einen abgemessenen Betrag an Geld, der in 'Ottos Destille' für zwei Bier und den dazugehörigen Kümmelschnäpschen reicht.

"Wenn dette so weida jeht, denn musste die Schubkarre mitbring... für det Jeld!"

Wilhelm nickt und verstaut sein Geld im Latz der Lederschürze.

Mit dem Milchgeschäft und seinen Kühen ist er beinahe reich

geworden. Der Krieg hätte wegen ihm nochmal fünf Jahre dauern können. Jetzt ist Ebbe. Inflation. Er denkt manchmal, dass die afrikanischen Heuschreckenplagen wahrscheinlich auch so unerklärlich auftauchen und wieder gehen wie die Inflationen.

In Herthas Familie gibt es eine klare Aufgabentrennung. Vater Wilhelm Dietz ist für die Kühe zuständig, Sohn Bernhardt, für den Milchverkauf auf dem Markt und für die Belieferung der Stammkunden, was er trotz des fehlenden, im Krieg verlorenen linken Beines zuverlässig bewerkstelligen kann, und Mutter Emma schwingt den Milchladen und den Haushalt. Der Milchladen ist von sechs Uhr an geöffnet und bleibt das, bis es nichts mehr zu verkaufen gibt.

Hertha ist zuständig für nichts.

Im Milchladen ist gerade wenig Betrieb. Emma steht hinterm Ladentisch bedient eine Kundin.

"Darfs noch wat sein, gnädije Frau?"

Aber die muss noch überlegen.

Emma Dietz ist eine imposante Erscheinung von Frau, mit der Figur einer Walküre. Sie hat ihre Tochter über drei Jahre lang gestillt. Das an Muttermilch, was Hertha damals nicht schaffte, wurde abgepumpt und für den großen Bruder, Waldemar, in Flaschen abgefüllt. Der Bruder wurde groß und stark und kämpfte im Weltkrieg mit Leib und Seele für das Deutsche Vaterland, was ihm das eine Bein kostete.

Und er ist naturgemäß derjenige, der den Krieg am meisten von allen verflucht. Warum musste der denn auch verloren gehen?!!

Waldemar würde manchmal vor Wut gerne einen Franzosen massakrieren, wenn er einen erwischen könnte.

Wenn er als Sieger aus dem Krieg zurückgekehrt wäre, dann würden ihn die das fehlende Bein und die Krücke zum Nationalhelden machen. So, als Kriegsverlierer, machen sie ihn nur zum Krüppel.

Und das sollen die Franzosen, wenn es nach Waldemar geht, eines Tages noch büßen!

Jedenfalls ist der große Krieg vorbei und bei den meisten Leuten schon langsam in Vergessenheit geraten. Die kleine Enttäuschung, dass man den Krieg nicht gewonnen hat, tragen aber noch viele im Herzen. Hätte man den Krieg gewonnen, wäre er doch wirklich eine feine Sache gewesen! Vielleicht sollte man es demnächst noch mal versuchen? Ein bisschen schlauer auch!

Das Urteil der Überlebenden über den Krieg unterscheidet sich wahrscheinlich doch immer stark von dem Urteil derer, die den Krieg nicht überlebt haben. Aber die hört eben keiner.

Friseur Krawulke kommt in den Milchladen, um sich über Hertha zu beschweren, die - zum wiederholten Male! , wie Krawulke betont - nicht zum Dienst erschienen ist. Sie soll doch bei ihm eine Lehre machen.

Seine Augen, hinter der Brille mit dem schwarzem Gestell und den gelben Gläsern, sieht man nicht. ER hinkt leicht.

Emma hat ihn mit den Worten - "Na, der hat mir jrade noch

jefehlt!" - begrüßt.

Krawulke wedelt mit den Händen und ist innerlich empört:

"Ick denke, die Hertha will Frisöse lern? Aba wennse nisch kommt, kannse nischd lern!"

Emma antwortet: "Meine Tochta braucht nischd lern, die grischd ooch so, wat se brauch!"

ER winkt entnervt ab und verlässt stärker hinkend als vorher den Milchladen.

Und so begibt es sich, dass ein hübsches Mädchen in Deutschland zur Frau wird - ohne existentielle Nöte und Sorgen. Ihr Name ist Hertha und sie wurde unter einem glücklichen Stern geboren.

Draußen auf der Straße vor dem Milchladen wird der hinkende Abgang des Friseurs, der sich eiligen Fußes in seinen Salon zurückzieht, mit Johlen und Pfiffen begleitet. Die drei Puppen auf dem Bock der Milchkutsche stehen da den drei Jungs, die einen Fenstersims weiter, vor das Schaufenster des Schusters 'Schulz&Sohn - moderne Fußbekleidung' gerückt sind, um nichts nach.

Bevor Friseur Krawulke hinter sich die Ladentür zumacht, schaut ER nochmal zu den drei Puppen auf dem Kutschenbock und ruft: "Ick wünsch euch jute Reise, ihr doofet Jemüse!"

Frieda wirft einen Apfelgriebs nach ihm, der sein Ziel allerdings verfehlt.

Die drei Puppen springen nacheinander von der Kutsche und gehen eingehakt in die Toreinfahrt hinein, aus welcher vorhin Wilhelm mit der vollen Michkanne gekommen war. Hertha schaut sich kurz um und zwinkert den drei Jungs zu. Wie zur Bekräftigung funkeln die geschliffenen Rubine, die in ihre goldenen Ohrringe gefasst sind, als sie kurz von einem Sonnenfetzen gestreift wird.

Die drei Jungs folgen den drei Puppen mit einigem Abstand. Sie haben längst ungeduldig auf ein Signal gelauert.

Schon im ersten Hinterhof hat man das Gefühl, in der Unterwelt zu sein.

Die Jungs gehen langsam auch durch den zweiten Hinterhof und öffnen dann die Tür zum Kuhstall. Im fahlen Licht liegen sieben magere Kühe auf ziemlich nackter Erde. Auch Stroh ist knapp.

Die drei Puppen lehnen nebeneinander rücklings an der Bretterwand, an der auch Stricke, Kumte und diverses Geräte für die Stallarbeit hängen. Sie schauen den Jungs entgegen.

Frieda und Claudia verspüren eigentlich beide keine rechte Begeisterung bei dem Gedanken, mit den Jungs zu vögeln. Aus unterschiedlichen Gründen allerdings.

Frieda, die aus Zossen stammt und als Dienstmädchen bei Notar Krömer in der Frankfurter Allee angestellt ist, fühlt sich ein bisschen wund, weil der Dienstherr bei Abwesenheit seiner Gattin, die ihre Mutter besuchte, in der vergangenen Nacht wieder einmal total ausgehungert war und nicht genug von seinem jungen Dienstmädchen kriegen konnte.

Bei Claudia sind es schlicht und einfach die sogenannten

'Tage', die zwar im Abklingen sind, die ihr die Freude aber doch etwas vermiesen. Es könnte sein, dass sie noch ein bisschen blutig ist. Zum anderen hat sie ein schlechtes Gewissen gegenüber dem Apothekengehilfen, der in der Apotheke ihrer Eltern angestellt ist und der sie, innig liebend und dies immer wieder beim Vögeln heißblütig beteuernd, zur Frau haben möchte.

Aber Hertha zuliebe, die, seid ihr Bruder Waldemar im Krieg nicht nur sein linkes Bein, sondern auch seine Männlichkeit verlor, niemanden hat, der sich um sie kümmert, und die sich einfach keinen besseren Zeitvertreib vorstellen kann, machen Claudia und Frieda mit.

Die Jungs lassen sich Zeit.

Bernhardt ist der Anführer der drei Jungs und findet zuerst den Mut etwas zu sagen: "Na, jucktet wieda?"

Hertha grient: "Fass doch ma an, da wirste det merken!"

Sie hebt den Rock ihres Kleides. Die anderen beiden Puppen tun es ihr nach.

Die Jungs sind leicht erschüttert über das dreifache unverhohlene Angebot. Bernhardt erholt sich wieder als Erster von der Überraschung: "Ihr habt ja jar keene Buxn an!"

Frieda meint: "Bei die Hitze!"

Die Kühe dösen vor sich hin. Hertha hebt den Schwanz einer der Kühe: "Un nisch vajessen, die Herren, abjespritzt wird hier!"

In einem der Hinterhöfe wird ein Lied gesungen. Die Musik kommt vom Leierkastenmann.

Berlin, Schlesischer Bahnhof -
Koppenstraße bis zur Frankfurter Allee.
Steife Hüte sind hier Luxus,
Eleganz ist ziemlich rar hier in dem Dreh.

Vatern jeht am frühen Morjen
in die lausige Fabrik,
Muttern bleibt mit ihre Sorjen
und mit Heimarbeit zurück.

Ede sammelt leere Flaschen,
was ja schon sein Vater tat.
Minna jeht die Wäsche waschen
bei die Frau Kommerzienrat.

Hundert Kinder, tausend Kehlen -
dauernd gibts ein Mordsgeschrei.
Bonbons klaun und Kohlen stehlen -
wütend pfeift die Polizei.

Berlin, Schlesischer Bahnhof....
Koppenstraße bis zur Frankfurter Allee.
Steife Hüte sind hier Luxus,
Eleganz ist ziemlich rar hier in dem Dreh.

1923 - Berlin / Rose-Theater

Die neue Bühnen-Show im 'Rose-Theater' wird geprobt. Hertha singt ihr Lied - 'Schmetterling, flieg!' Sie hat eine verwirrende Stimme. Ziemlich tief für eine junge Frau und etwas kratzig oder heißer, als würde sie zu viel saufen und dauernd herumkrakeelen.

Claudia und Frieda tanzen dazu. Sie tragen alle drei Negerperücken und sind 'oben ohne'. Bast Rock und Blumenketten vervollständigen den Afrikalook. Natürlich sind sie auch an den Füßen barfuß. Welchen Zusammenhang das Kostüm mit dem Inhalt des Liedes aufzuweisen hat, ist unklar. Vielleicht ist von einem afrikanischen Schmetterling die Rede?

Der Regisseur genießt den Anblick: "Wissta, Puppn, ihr habt keene Ahnung von Ballett, wa, aba ihr macht det jut. Ihr seid so von inne her vadorben!"

In seinem unverdorbenen Inneren überlegt er sich, welche von den dreien er nach der Premiere in seine Garderobe holen wird. Oder doch alle drei?

Die drei Puppen gehören schon seit zwei Jahren zum Inventar des 'Rose-Theaters'. Es ist nur ein paar hundert Meter von der Koppenstraße am 'Schlesischen Bahnhof' entfernt. Anfangs waren die Puppen nur Zuschauer. Irgendwann begannen sie kleinere Aufgabe auf der Bühne zu übernehmen. Im letzten Programm hatte sie gemeinsam gesungen. Jetzt der nächste Sprung - Gesang und Tanz! Und Hertha mit der rauchigen Stimme als Solistin!

Wenn ein neues Show-Programm im 'Rose-Theater' auf dem

Programm steht, ist der Andrang stets größer, als die Möglichkeit, alle hereinzulassen.

Der Türsteher hat einen schweren Abend. ER steht in grüner Livree, die vor goldenen Tressen strotzt, vor dem Eingang und kämpft gegen die drängende Menge. Seine Augen, hinter der Brille mit dem schwarzem Gestell und den gelben Gläsern, sieht man nicht. ER hinkt leicht, was man nicht sieht, wenn er nicht geht, weswegen ihm die Anstellung als Türsteher gut gefällt.

Die ersten Gäste kommen schon am frühen Abend. Darunter auch die drei Jungs unter der Führung von Bernhardt, die für einige Stunden ihren Dienst als Gepäckträger ruhen lassen. Sie sehen es als Ehrensache an, dass sie ihren Freundinnen bei der Premiere zur Seite stehen. Sie haben Karten für die billigen Plätze ganz oben. Zum Zeitvertreib spielen sie Skat.

Für die kommenden Ereignisse haben die drei Jungs aber keine Bedeutung mehr. Sie sind noch zu grün. Die Puppen sind reif!

Und dann erscheint an diesem Abend der Premiere des neuen Programmes im 'Rose-Theater' erstmals im Umfeld unserer Geschichte eine der Hauptpersonen - Max Koppel!

Max Koppel ist elegant gekleidet, gepflegtes blondes Haar, Ende Zwanzig, groß und sportlich gebaut, und hat Karten für einen Tisch in der ersten Reihe.

Die drei Puppen haben ihren großen Auftritt ersten später. Sie sitzen derweil an der Bar und können ihre Nervosität kaum im Zaume halten.

Im Lauf dieses ersten Teils des Abends, bevor die Show beginnt, gibt es zwischen Max und Hertha bereits verschiedene Kontakte. Erst die kurzen Blicke, dann ein Tanz, dann Sekt... dann ein Handkuss...

Hertha trägt ein dunkelgrünes Pailletten Fransenkleid, das ihre Taille nur wenig verbirgt. Ihre kleinen goldenen Ohrringe, in die jeweils ein winziger geschliffener rotblitzender Rubin gefasst ist, verleihen ihrem Gesicht etwas Magisches.

Im zweiten Teil des Abends, nach der Pause gegen zweiundzwanzig Uhr, steigt Herthas Auftritt - 'Schmetterling, flieg!' Claudia und Frieda tanzen im 'Background' und schwenken nach Kräften ihre noch kleinen und festen Brüste. Aber immerhin...

Der Regisseur, der auch Geschäftsführer des Theaters ist, sitzt hinter dem Vorhang in der Gasse zur Bühne und ist sehr zufrieden. Die drei Puppen werden die Sensation der Saison sein! Das ist sicher. Die Kasse wird klingen! Der Boss, der sich nie selbst im 'Rose-Theater' blicken lässt, wird zufrieden sein mit ihm.

Innerlich entscheidet er sich bei der Frage, welche der drei er nachher in seiner Garderobe besonders beglückwünschen solle, für - alle drei!

Doch erstens kommt es anders...

...und zweitens kommen plötzlich Amis herein. Fünf Männer in den - in amerikanischen Gangsterfilmen üblichen - langen Trenchcoats und Schlapphüten. Touristen, Geschäftsleute, Ganoven...?

Der Türsteher am Eingang, der sie aufhalten will, kann diesbezüglich weder etwas in Erfahrung bringen, noch etwas gegen deren aggressiven Mutwillen ausrichten. Die Amis schieben ihn einfach zur Seite. Einer schlägt ihm vorsorglich die Faust ins Gesicht.

Der Türsteher liegt mit blutender Nase quer auf der Treppe vor dem Eingang. Seine Augen, hinter der Brille mit schwarzem Gestell und gelben Gläsern, die ihm infolge des Faustschlages schief auf der Nase hängt, sieht man nicht.

Die fünf Amis entern den Saal und stellen sich, ohne sich um die protestierenden Gäste an den Tischen in der ersten Reihe zu kümmern, vor die Bühne und feuern die drei Puppen an. Einer wirft seinen Hut. Frieda fängt ihn und hält ihn sich vor den Busen.

Die Amis sind begeistert und beginnen mit Dollarmünzen und Scheinen zu werfen.

Nun stürzen sich auch Frauen aus dem Publikum auf die Bühne. Echte Dollars!

Dann ist der erste Dollarsegen beendet. Das Orchester spielt unbeirrt weiter. Die berauschten Frauen, die nun auf der Bühne stehen, wollen zurück an ihre Tische. Aber die Amis halten sie zurück. Ein Ami ruft den Frauen in verstehbarem Deutsch zu: "Stopp! Wenn juh will Dollars... meek strip! Striptease! Let's go, Baby!"

Die erste Frau versteht nach kurzer Verwirrung das Angebot und knöpft ihre Bluse auf. Mit einigen Dollarscheinen geht sie dann freudestrahlend von der Bühne. Nur zwei oder drei Frauen stehlen sich ohne ihren Busen zu präsentieren und sich von den Amis befummeln zu lassen, seitlich von der

Bühne. Ein allgemeines Tohuwabohu.

Ich erinnere mich an eine Szene aus "Berliner Reigen" von Arthur G. Solmsen : 'Ein Regen amerikanischer Münzen flog durch den Raum, prasselte von den Wänden ab, schlug auf die Fliesen, rollte durch den ganzen Keller, während ein Dutzend nackter Frauen - alte, junge, fette, dünne - auf dem glitschigen Fußboden herumzukrabbeln anfingen, die Münzen mit den Fingernägeln aufklaubten, sich gegenseitig aus dem Weg schubsten, unter die Tische krochen, zwischen die Beine der zuschauenden Männer... Es mag erotisch klingen, aber es war alles andere als erotisch. Es war ein Alptraum, ein Gemälde von Hieronymus Bosch."

Den drei Puppen wurmt es irgendwie, bei diesem Geschäft, bei diesem hemmungslosen Haschen nach Dollars, nicht mitmachen zu können. Sie waren ja von Anfang an mit blankem Busen auf der Bühne gewesen. Was sollten sie noch strippen? Aber klar! Sie haben noch Reserven.

Mit Geschick und einigen kräftigen Hüftschwüngen verschaffen sich die drei Puppen den ihnen zustehenden Platz auf der Bühne. Hertha gibt der Kapelle ein Zeichen. Die Kapelle spielt so laut, wie sie kann, und Hertha beginnt ihr 'Schmetterlings-Lied' noch einmal von vorn.

Am Ende des Liedes tragen die drei Puppen nur noch die Afro-Perücke auf dem Kopf und die Blumenkette um den Hals.

Nicht nur die Amis sind voll des Lobes. "Very good! Very good!" - rufen sie abwechselnd und klatschen in die Hände.

Frieda sitzt mit gespreizten Schenkeln an der Rampe und lässt sich von einem der Amis Münzen und Scheine in die dafür keineswegs vorgesehene Spalte stopfen. Claudia setzt sich zum gleichen Zweck auf einen der Tische in der ersten Reihe, an dem vorher Max Koppel gesessen hat.

Hertha ist hin und hergerissen. Auch sie will ihren Teil vom unerwarteten Dollarsegen. Sie überlegt, welchen der drei anderen Amis sie zum Geldeinwurf animieren könnte. Und wo?

Einer der Amis sitzt am Bartresen. Hertha findet, dass der Bartresen vielleicht eine gute Möglichkeit wäre, sich zu präsentieren. Sie steuert also durch die aufgequirlten Frauen über die Bühne in Richtung Bartresen. Einer, die nicht ausweichen will, muss sie mit dem Knie in den Hintern rempeln. Dann kann sie mit einem großen Schritt vom Bühnenrand auf den Bartresen, der nur knapp einen halben Meter höher ist, steigen. Oder sie setzt sich gleich auf den Tresen und schwenkt ihren Körper nach rechts, so dass sie gegenüber dem Ami in eine verlockende Position kommt? Das rechte Bein müsste sie nur ein wenig weiter ausschwenken, als ihren Oberkörper. Das linke etwas weniger.

Da erscheint Max Koppel mit ihrem Pelzmantel, den er sich an der Garderobe hat aushändigen lassen, schnappt sich Hertha und umhüllt sie damit von hinten. Er trägt sie, die wild um sich strampelt, von der Bühne hinaus ins Foyer.

Als Hertha den Mann erkennt, mit dem sie doch vor ihrem Auftritt noch so nett geflirtet hat, überlässt sie sich seiner Gewalt.

Der Türsteher am Eingang hat sich von dem Angriff der Amis längst erholt - die Nase blutet nicht mehr! - und ER beobachtet, wie Max Koppel die erboste Hertha zu besänftigen versucht. In den Lauf unserer Geschichte hat ER dadurch wesentlich eingegriffen, dass ER einen Boten zu Herthas Mutter, Emma, schickte. Die Botschaft lautete kurz und bündig: 'Hertha im Rose-Theater sofort abholen! Ein Freund!'

Emma und Herthas Bruder erscheinen nun just in dem Augenblick mit der Milchkutsche vor dem 'Rose-Theater', als Max Koppel bei Hertha Gehör zu finden beginnt. Er erklärt, wer er ist, und dass er Hertha unbedingt wiedersehen will. Hertha ist aber zu verwirrt, um zu begreifen, was ihr Max Koppel zu sagen versucht. Sie befreit sich aus seinen Armen und rennt zu ihrer Mutter.

Emma schnappt sich ihre Tochter: "Nu komm schon, du Huppdohle! Wat willste hier? Det is doch nisch dein Niveau!" Emma hilft Hertha auf den Bock der Kutsche. Von oben zieht Waldemar. In den Armen ihrer Mutter fühlt sich Hertha erst einmal geborgen und sie heult ein bisschen. Sie weiß zwar nicht warum, aber Heulen hilft manchmal, findet sie. Dass sie sich keine Dollars schnappen konnte, ärgert sie trotzdem.

Die Kutsche verlässt den Platz vor dem 'Rose-Theater'. Max Koppel winkt. Aber es winkt niemand zurück.

Emma drückt Hertha fest an ihre breite Brust und kommt dann aber sofort auf den Punkt: "Du musst hier weg! Du jehst hier vor die Hunde. Oda vor andere Schweine! Weeßte wat, du besuchst ma deine Tante. Die Ella in Chemnitz!"

Hertha ist entsetzt: "Wat soll ick in die Provinz?"

Emma: "Weeß ick nisch, aba denn biste nisch hier in det Sündenbabylon! Jednfalls mal een Weilchen."

ER hat vom Eingang des 'Rose-Theaters' den Abtransport von Hertha durch Mutter und Bruder wohlwollend beobachtet.

Und wenn ich ihn richtig verstanden habe, verkündet ER einem auf dem Vorplatz des 'Rose-Theaters' nicht vorhandenen Publikum, so als wäre ER ein Prediger:

"Erst kommt das Fressen und dann kommt die Moral! Die Inflation nähert sich dem Höhepunkt. Es ist zu allen Zeiten so gewesen - wenn die Währung fällt, fallen zuerst die Mädchen."

Sein kleines Lachen klingt ein bisschen sarkastisch.

1924 - Chemnitz

Der Bahnhof in Chemnitz gleicht den Bahnhöfen vieler mittelgroßer Industriestädte in Deutschland. Die Bahnsteige sind von vier gewaltigen Stahlträgerbögen mit Verglasung überdacht.

Hertha kommt mit dem Zug am frühen Abend in Chemnitz an. Ein Taxifahrer hilft ihr. ER ist in eine Art von Uniform gekleidet, schwarz und schmucklos, und hat eine Schirmmütze auf dem Kopf. Seine Augen, hinter der Brille mit dem schwarzem Gestell und den gelben Gläsern, sieht man nicht. ER hinkt leicht.

"Ick will bitte zu 'Tänzers Restaurant'!" - sagt ihm Hertha. ER nickt verstehend und diensteifrig, lädt Herthas Koffer und die zwei Reisetaschen in den Kofferraum und klettert hinter das Lenkrad seiner schwarzen 'Horch'-Limousine.

Vom Bahnhof bis zu 'Tänzers Restaurant', das mitten in der City liegt, sind es nur wenige hundert Meter, weshalb ER einen großen Bogen um die gesamte Innenstadt schlagen muss, damit das Taxameter etwas zum Anzeigen bekommt.

In einer Straße kommt ein Trupp Nazis mit roten Fahnen entgegen.

"Auf dem Markt haben die Kommunisten heute eine Kundgebung." - erklärt ER, den Kopf leicht nach hinten gewendet, seinem Fahrgast.

Hertha fragt zurück: "Un wat wolln dann die Nazis hier?"

"Naja, vielleicht gibt es Haue. In der Provinz beginnt es zu gären. Da sind die Nazis. Aber auch die Kommunisten machen sich breit. Gestern habe ich Ernst Thälmann zur gleichen Adresse gebracht. 'Tänzers Restaurant'!"

"Thälmann?" - fragt Hertha zurück - "Is det een Nazi?"

Willy, Ellas Sohn, ist Herthas gleichaltriger Cousin. Er sitzt zum Abend hin in der Gaststätte 'Tänzers Restaurant' - wie oft in der letzten Zeit - am Klavier und improvisiert. Er ist ein hübscher, blonder Kerl, dem man ansieht, dass er mal ein attraktiver Mann wird. Vorläufig ist er ein hübscher 'Milchbart'.

Die Gaststätte ist gut gefüllt - der allabendliche Stamm und auch ein paar Zufallsgäste. Unter ihnen Ernst Thälmann, den Ella, die Chefin, persönlich bedient. Dass Ella die Chefin ist, muss keinem erklärt werden. Ihr elegantes Äußere lässt einfach nicht zu, sie für eine der Kellnerinnen zu halten.

Gerade steht sie an Thälmanns Tisch.

"Darf es noch ein Bier sein, Herr Thälmann?"

Thälmann schreckt aus seinen Gedanken auf: "Äh...ja, gerne! Und einen Klaren!"

"Pardon. Ich wollte sie nicht erschrecken."

Thälmann lacht. "Erschrecken... - Sie doch nicht, gnädige Frau! Ich habe gerade über Stalin nachgedacht."

Ella nickt: "Ach, die Bolschewisten. Kennen Sie Stalin?"

"Eben nicht!" - sagt Thälmann. "Und den Klaren bitte doppelt!"

Als Hertha das Restaurant betritt, stürzt Ella auf sie zu. Eine große Begrüßungsarie. Umarmungen und Küsschen.

Ella winkt ihren Sohn Willy heran, der Hertha interessiert aber schüchtern die Hand gibt.

Hertha trägt einen beigen Hosenanzug. Die Jacke ist beinahe knielang, aber ihre weibliche Figur mit der schmalen Taille kann sie nicht verbergen. Ein dunkelgrünes Tuch umschlingt ihren Hals. Ihre kleinen goldenen Ohrringe, in die jeweils ein winziger geschliffener rotblitzender Rubin gefasst ist, verleihen ihrem Gesicht etwas von einer Prinzessin aus dem Märchenland.

Zu den Gästen gewandt verkündet Ella: "Meine Nichte aus Berlin! Künstlerin!"

Hertha wehrt ab: "Na, übertreib ma nisch, Tantchen. Ick singe un tanze. Meine Mutta sacht Huppdohle!"

Die ganze Gasstätte lacht.

Es kommt schließlich im Verlauf des Abends, nachdem Herthas Gepäck in die Wohnung im ersten Stock gebracht wurde, der Taxifahrer seinen Lohn bekommen hat, und Hertha ein Riesenschnitzel verspulen musste, soweit, dass Hertha singt und Willy sie am Klavier begleitet. Dass es dabei zwischen Willy und Hertha bereits funkt, ist deutlich zu erkennen.

Zehn Tage später:

'Tänzers Restaurant' ist am Abend proppenvoll. Hertha bedient und trägt eine Kellnerinnen Kluft, die auf der einen Seite etwas zu klein und zu eng ist, und zum anderen sind ein oder zwei Knöpfe der Bluse nicht ordnungsgemäß geschlossen. Ihre kleinen goldenen Ohrringe, in die jeweils ein winziger geschliffener rotblitzender Rubin gefasst ist, verleihen ihrem Gesicht etwas Magisches. Sie ist eine Augenweide!

Ella ist bezüglich Hertas Äußeren hin und her gerissen. Ist ihr Aufzug nicht doch etwas zu gewagt? - fragt sie sich.

Aber die Stammgäste, besonders die männlichen - einschließlich Thälmann! -, scheinen von Hertha sehr angetan zu sein. Der Umsatz ist gestiegen, seit sie bedient.

Und Ella ist zuallererst Geschäftsfrau. Erst in zweiter Linie Moralwächterin.

Bei passender Gelegenheit hält sie Hertha am Arm und sagt ihr, was sie sich wünscht: "Mein Gott, Hertchen - wenn du doch für immer bleiben könntest!"

Hertha lacht: "Det täte dir so passen - du wirst reich un ick vasaure hier in die Provinz."

An dem Abend, der nun kommt, sitzt Willy wie oft, wenn er Zeit hat und nicht lernen muss fürs Gymnasium, im Restaurant am Klavier und spielt. Hertha bedient. Wieder in der Kluft, der Ella nicht vorbehaltlos zustimmen kann.

Gegen Mitternacht verlassen die letzten Gäste das Restaurant. Unter ihnen Ernst Thälmann. Ella verabschiedet ihn persönlich.

Ella trägt seinen kleinen Reisekoffer: "Sie reisen noch heute Nacht?"

Thälmann: "Die Pflicht ruft."

Ella: "Alles Gute, Herr Thälmann. Und beehren Sie uns wieder - wenn Sie in Chemnitz sind!"

Thälmann: "Das ist versprochen!"

Thälmann steigt in ein Taxi. Der Taxifahrer ist wieder der, der die schwarze 'Horch'-Limousine fährt. Seine Augen, hinter der Brille mit dem schwarzem Gestell und den gelben Gläsern, sieht man nicht. ER hinkt leicht.

Einige nächtliche, stark angetrunkene Passanten, die Thälmann vielleicht von Bildern aus der Zeitung kennen, oder nur einfach neugierig sind, schauen lachend und lärmend zu, wie Thälmann in das Taxi steigt. Der Taxifahrer fühlt sich gemüßigt, ihnen so nebenbei, aber mit stolzgeschwellter Brust, während er das Gepäck von Thälmann im Kofferraum verstaut, zu erklären, dass sein Fahrgast Vorsitzender der Kommunistischen Partei in Deutschland ist. Die Ortsgruppe Chemnitz, die von Fritz Heckert geführt wird, sei eine kommunistische Bastion der Partei.

Thälmann führe jetzt wieder nach Hamburg. Aber man werde Thälmann aus den Augen verlieren. Irgendwann würde der Reichstag brennen, die Kommunisten würden verboten und zu tausenden verhaftet werden. Thälmann komme schließlich nach Buchenwald ins KZ, wo er am 18. August 1944 umgebracht werden würde.

Im Übrigen sei der Anteil von Juden bei den Kommunisten

vernachlässigbar gering. Die reichen Juden wie Stinnes oder Rotschild halten den Nazis die Steigbügel. Die überwiegende Mehrheit der Juden wähle Hitler.

Abschließend sagt er: "Vielleicht - im Nachherein gesehen - nicht die beste Wahl."

Es ist jedoch noch einige Jahre zu früh, als dass die Passanten den Sinn seiner Rede verstehen könnten. Auch sind sie viel zu besoffen. ER tippt sich grüßend an die Schirmmütze und klettert hinter das Lenkrad.

Auf der Fahrt zum Bahnhof über den Taxameter freundlichen langen Weg um das gesamte Stadtinnere herum, schweigt ER. Thälmann auch. Vor dem Bahnhof hält ER sein Taxi an und öffnet für Thälmann die Wagentür. Es regnet stark.

Hertha in ihrem Zimmer unterm Dach schaut aus dem Fenster in den Regen. Sie entledigt sich der Kellnerinnen Kluft. Schürze, Rock und Bluse fliegen auf das kleine Sofa. Sie sieht sich im großen Wandspiegel und ist mit sich sichtlich zufrieden. Sie findet sich ziemlich perfekt. Und mit den Strümpfen und dem Hüftgürtel... und mit den Strumpfhaltern... diesen Strapsen! Heiliger Strohsack!

Ihre kleinen goldenen Ohrringe, in die jeweils ein winziger geschliffener rotblitzender Rubin gefasst ist, verleihen ihrem Gesicht etwas Verworfenes. Findet sie.

Willy im Nachbarzimmer sitzt bei Kerzenschein am Schreibsekretär und müht sich mit einem Gedicht für Hertha ab. Der

Berg an zerknüllten Seiten mit den Fehlversuchen wächst. Eine gescheckte Katze, die Willy oft besucht, ihm aber nicht gehört, stöbert in dem Papierberg und wundert sich scheinbar. Katzen gucken aber immer so, als wenn sie sich wundern würden, findet Willy. Er mag die Katze und krault sie ein bisschen, bis sie schnurrt.

Nach weiteren zwei Fehlversuchen scheint Willy endlich mit dem Gedicht zufrieden zu sein. Er steckt es in ein Kuvert und schleicht aus seinem Zimmer über den Flur hinüber zu Herthas Zimmer. Er schiebt das Kuvert unter die Tür hindurch und eilt zurück in sein Zimmer.

Liebe Hertha!
Entschuldige bitte, wenn ich dir gesteh,
mir tut, seit du da bist, im Innen was weh.
Es ist, wie ich glaube, ja ganz ohne Scherz -
was mir da so weh tut - das ist mein Herz.
Du hast es verwundet mit nur einem Blick,
du hast es zerrissen, du bist mein Geschick.
Ich kann mich nicht wehren, und will es auch nicht,
ich bin wie geblendet von deinem Gesicht.

Hertha entdeckt das Kuvert... liest das Gedicht... lacht und lacht und lacht... und wird dann still. Ihr ist, als wenn einer eine innere Saite in ihr zum Klingen gebracht hat. Es ist etwas passiert, ganz unverhofft, etwas, was sie nicht versteht. Etwas, was, auch wenn es anderen und klügeren Menschen passiert, niemand verstehen kann. Sie ist einerseits wie betäubt und fängt anderseits an zu schweben. Sie tritt an die Waschkommode, gießt aus der großen Kanne Wasser in die Schüssel und wäscht sich. Besonders gründlich im Schritt. Nach beinahe zehn Stunden Kellnern ist das in jedem Fall notwendig.

In einem ziemlich kurzen Nachthemd geht sie dann über den Flur zu Willys Zimmer, öffnet ohne anzuklopfen die Tür und geht hinein.

Willy liegt im Bett. Die Nachttischlampe brennt noch.

Hertha tritt in den Lichtkegel: "Mann Willy... ick danke dir für det wundascheene Jedichd! Aba nu... Rutsch ma een Stück rüba!"

Hertha klettert zu Willy unter die Bettdecke. Ein Weilchen liegen sie beide ganz still da.

Hertha fragt: "Weeßte schon, wie eene Frau funktsjoniert?"

Willy: "Naja..."

Hertha: "Det hab ick jeahnt. Also, pass uff!"

Sie strampelt die Bettdecke nach unten und streift sich ihr Nachthemd über den Kopf. Willy trägt keinen Schlafanzug, wie im Winter, sondern nur eine Unterhose mit Eingriff.

Hertha zieht ein bisschen am Stoff der Unterhose hin und her und Willys Penis, der längst erigiert ist, schlüpft wie von selbst aus dem Eingriff.

"Un nu... nu musst du mir anmachen." - sagt Hertha und drängt sich mit ihren Brüsten an Willys Gesicht.

Willy ist mit der Situation hoffnungslos überfordert. Sein Blut ist ihm längst in die Lenden geschossen. Er ist eher einer Ohnmacht nahe, als dass er einen Gedanken denken kann.

Mit einem natürlichen Reflex saugt er ein bisschen an Herthas

Brustwarzen. Hertha nimmt seine Hand und schiebt sie sich zwischen die Beine.

Sie stöhnt auf: "Mein Jott, ick bin ja ooch schon total übaschwemmt!"

Dass endlich Willy auf ihr liegt und Hertha sein Glied in ihre Scheide manövrieren kann, ergibt sich scheinbar automatisch.

Willy explodiert nach wenigen Sekunden. Eruptionen erschüttern seinen ganzen Körper. Und Hertha wird mitgerissen.

Dann liegen beide wie erschlagen auf dem Rücken nebeneinander und Hertha fragt: "Mein Jott, wat war dat denn?"

Willy ist außer Stande sich irgendetwas zu fragen, geschweige, etwas zu verstehen. Er ist überwältigt - lebenslänglich!

Einige Tage später reist Hertha ab.

Eine große Abschiedsszene vor 'Tänzers Restaurant'.

Wieder ist die schwarze 'Horch'-Limousine mit dem uns bekannten Taxifahrer vorgefahren. Ella und ihr Mann, Albert, sowie Willy stehen vor der Tür. Umarmungen und Küsschen. Und dann ein etwas längerer Kuss zwischen Hertha und Max, der wohl beiden, wenn wir richtig vermuten, tief unter die Haut geht. Aber sie fügen sich dem Lauf der Dinge ohne sehr zu leiden. Natürlich schmerzt da was in der Brust... oder in der Seele? Aber das Leben steht ja noch bevor. Und Willy muss eh erst das Gymnasium beenden. Und was lernen. Sich eine Existenz schaffen.

Der Taxifahrer lädt Herthas Koffer in den Kofferraum seiner 'Horch'-Limousine und klitscht Hertha, als die einsteigen will, beim Einsteigen auf den Hintern: "Los geht's, Puppe!"

Hertha winkt aus dem Fenster des Taxis. Ella und Albert winken dem Taxi lange hinterher. Willy geht hängenden Kopfes ins Restaurant und setzt sich ans Klavier.
Er spielt ein Lied. Natürlich Herthas Lied!

Schmetterling flieg, Schmetterling flieg!
Du bist schlau, wenn du entfliehst,
denn wenn ich dich krieg -
wirst du mit einer Nadel auf ein Brettchen aufgespießt.

Der Schmetterling ist anfangs eine Raupe,
hundertfüßig, borstig und obszön,
er kriecht in Gärten durch die Beete,
gefräßig und nicht eben schön.

Im Anschluss ist er lange eine Puppe,
eine Mumie, ohne ein Gesicht,
doch im Frühling kommt das Wunder,
er fliegt mit buntem Flügelschlag ins Licht.

Schmetterling flieg, Schmetterling flieg!
Du bist schlau, wenn du entfliehst,
denn wenn ich dich krieg -
wirst du mit einer Nadel auf ein Brettchen aufgespießt.

1925 - Berlin / Rose-Theater

Auf der Bühne im 'Rose-Theater' herrscht Probenatmosphäre. Claudia und Frieda sitzen noch an der Bar und warten auf ihren Einsatz. Hertha singt ohne größere Hingabe, nur so zum Warmmachen und zur Auffrischung erst mal ihr 'Schmetterlings-Lied', das allerdings mittlerweile ein Gassenhauer und zu ihrem Markenzeichen geworden ist.

Während sie singt, kommt es ihr anfangs vor, als würde sie von Willy am Klavier begleitet, dann aber geht die Musik auf das Salon-Orchester des 'Rose-Theaters' über.

Später sind Frieda und Claudia dran. Sie singen auch in dem neuen Lied wieder nur 'Background'. Das neue Lied, das eingeübt wird, trägt den Titel 'Berlin bei Nacht'.

Wenn der Abend sich verschwendet an die Nacht,
wenn die Gaslaternen angezündet sind
und der brave Bürger mit der Gattin sacht
das Familienglück schon stark zu fühl'n beginnt,

wenn die kleinen Kinder träumen jenen Traum
von dem herrlichen Schlaraffenland
und die Spatzen schlafen schon in ihrem Baum,
dann passiert hier in Berlin so allerhand.

Dann gehn wir los, jawoll,
es wird famos, jawoll!
Wir schaffen an, jawoll,

wir gehen ran, jawoll!
Wenn sich's nicht schickt, na und?
Die Zeit tickt Stund um Stund -
nur wer sich vor dem Leben duckt, der wird verschluckt.

Wenn die Lichter in den Bars und Cabarets
schummrig schimmern lassen unsren blassen Reiz,
wenn die feine Herrschaft drängt zu den Entrees,
Herren aus der Wirtschaft, bessre aus der Schweiz,

wenn der Sekt und die Musik die Nerven schäumt,
wenn Apostel die Moral verliern,
haben wir mit allen Skrupeln aufgeräumt
- nur wer dämlich ist, der wird sich lange ziern.

Dann gehn wir los, jawoll,
frei ist der Schoß, jawoll!
Wir schaffen an, jawoll,
und Mann ist Mann, jawoll.
Wenn sich's nicht schickt - na, und?
Die Uhr tickt Stund um Stund -
nur wer sich vor dem Leben duckt, der wird verschluckt.

Und es gibt zu dem neuen Lied natürlich eine neue Choreo-
grafie, die den Puppen allerdings einfach nicht so recht in die
Beine will. Der Regisseur rauft sich die Haare.
Die drei Puppen tragen neue Kostüme, deren Anfertigung
teuer war. Nicht der anspruchslose, einfache Afrikalook mit

'oben ohne'! Der Afrikalook bleibt der 'Schmetterlings-Nummer' vorbehalten.

In der 'Rangehn-Nummer' tragen sie nun Engelskostüme. Hertha ist ein roter Engel mit roten Strümpfen und Dessous. Claudia und Frieda sind normale weiße Engel. Dabei sind die Strapse bei den weißen Engelskostümen rot, und bei Hertha weiß.

Der Kostümentwurf stammt von Hertha selbst. Sie hatte sich an dem Abend nach der Schicht als Kellnerin, bevor sie zu Willy ging, im Spiegel mit den Strapsen zu gut gefallen.

Unter den wenigen Gästen im 'Rose-Theater' sehen wir Max Koppel. Er sitzt nicht vorn, sondern mehr im Halbdunkel des hinteren Parketts. Man darf im 'Rose-Theater' auch bei den Proben zuschauen.

Max Koppel ist als Mann eine Erscheinung. Wenn Willy Tölpe, Herthas Cousin in Chemnitz, ein blonder Arier ist, dann ist Max Koppel rein äußerlich ein Arier in Potenz. Groß, blond, markantes Gesicht - aber Jude!

Es sind jene Jahre, in denen das 'Judesein' noch nicht tödlich ist. Wer Jude ist, ist Jude und muss eben damit zurechtkommen. Besser ist es jedenfalls, wie zu allen Zeiten, man ist kein Jude.

Nach der Probe verschwinden die drei Puppen in der Garderobe. Sie schminken sich ab und ziehen sich um.

Frieda fragt: "Habt ihr den jesehn, den großen Blonden? Hinten ziemlich im Dustern saß der?"

Claudia sagt: "Ick schon. Aba der wollte mir nisch sehn! Der hatte ja bloß Oochn für die Herthi."

"Bloß keen Neid, wa!" meint Hertha.

Claudia schlägt sich mit der Hand gegen die Stirn: "Nee, is denn dette nisch der, der dir... also, wo die Amis mit die Dollars da warn... der dir von die Bühnen jeschleift hat?!"

Hertha korrigiert: "Jetrachn hat der mir! Jetrachn, nisch jeschleift!"

"Aba een Arier wie er im Buche steht." - findet Frieda.

Claudia sagt: "Bloß Mist, det der een Jude is!"

Frieda schaut verblüfft in den Spiegel: "Nee, Jude? Echt?"

Claudia: "Ich kenne den vom Jottesdienst in die Synagoge."

Hertha: "Ach ja, du bist ja ooch Jude. Hatte ick glatt vagessn."

Frieda: "Wie is det eijendlisch - Jude sein?"

Claudia: "Keene Ahnung - ick bin det ja schon von Jeburt an."

Hertha: "Det is bestimmt sowat wie Russe sein. Bloß ohne russisch."

Die drei Puppen kugeln sich förmlich vor Lachen. Dann gehen sie in den Zuschauerraum und setzen sich an den Bartresen.

Max Koppel winkt Hertha zu. Sie folgt auf den ersten Wink und geht zu ihm an seinen Tisch.

Frieda hat einen Soloauftritt:

Meine Mutta strickte mir ein wollnes Höschen,
damit ick mir den Hintern nich vakühl,
mein Mutta schenkte mir dies hübsche Höschen,
dieses Höschen, das bedeutet mir sehr viel.

Meine Mutta haarjenau, ist 'ne lebenskluge Frau.

Meine Mutta sachte mir viel schlaue Sachn,
damit ick dieset Leben jut vasteh,
Meine Mutta lehrte mir wat Männa machn,
wenn ick mit ihnen uff die Bude jeh.
 Meine Mutta haarjenau is 'ne lebenskluge Frau.

Meine Mutta ist das Vorbild für mein Leben,
ick strebe janz wie sie zu sein.
Meine Mutta hat sich niemals hinjejeben,
ohne daßet ihr von jutem Nutzen sei.
 Meine Mutta haarjenau is 'ne lebenskluge Frau.

Meine Mutta schenkte mir det wollne Höschen,
dieses Höschen det bedeutet mir sehr viel.
Meine Mutta strickte mir det wollne Höschen,
damit ick mir den Hintan nich vakühl.
 Meine Mutta , haarjenau is 'ne lebenskluge Frau.

Der weitere Abend im Rose-Theater läuft ab, wie er immer abläuft, wenn nicht gerade Amis aufkreuzen, oder einige Jahre später - Nazitrupps, die gegen unsittliches Verhalten vorgehen. Da werden wir übrigens auch Frieda wiederbegegnen, die bei den Sittenwächtern mitmacht. Nicht etwa auf der Bühne mit gespreizten Beinen. Nein!
Aber bis dahin werden noch ein paar Jahre vergehen.
An diesem konkreten Abend hat der Türsteher jedenfalls

keine Mühe, für ein geregeltes Kommen und Gehen zu sorgen. Als Max Koppel und Hertha schließlich nach Ende des Abends gegen Morgen gemeinsam das 'Rose-Theater' verlassen und über den Vorplatz Arm in Arm davongehen, scheint ER zu lächeln. Seine Augen, hinter der Brille mit dem schwarzem Gestell und den gelben Gläsern, sieht man nicht. Einen Grund zum Eingreifen scheint ER nicht gefunden zu haben. Das Schicksal geht läuft, wie es läuft.

1926 - Berlin / Synagoge

Max und Hertha werden von einem jüdischen Rabbiner in der Synagoge in der Oranienburger Straße getraut.

„Wer sich für die architektonischen Dinge interessiert, für die Lösung neuer, schwieriger Aufgaben innerhalb der Baukunst, dem empfehlen wir einen Besuch dieses reichen jüdischen Gotteshauses, das an Pracht und Großartigkeit der Verhältnisse alles weit in den Schatten stellt, was die christlichen Kirchen unserer Hauptstadt aufzuweisen haben."
– schrieb Theodor Fontane.

Einen festlicheren Rahmen als die Synagoge kann man sich für eine Trauung nicht wünschen. Im feierlichen Gewand des Jüdischen Priesters leitet ER routiniert die feierliche Hochzeits-Zeremonie. Seine Augen, hinter der Brille mit dem schwarzem Gestell und den gelben Gläsern, sieht man nicht. ER hinkt leicht.

Hertha trägt ein weißes Brautkleid mit weitem Glockenrock. Die Schultern sind nackt. Ihr blondes Haar fällt locker und frisch gewellt in den Nacken. Ihre kleinen goldenen Ohrringe, in die jeweils ein winziger geschliffener rotblitzender Rubin gefasst ist, verleihen ihrem Gesicht etwas Madonnenhaftes.

Die Unterschiede zwischen einer christlich-evangelischen Hochzeit und einer jüdischen sind zwar äußerst vielfältig, doch am Ende kommt bei beiden dasselbe heraus - man ist verheiratet und schwört sich die Treue, bis dass einen der Tod wieder scheidet!

Drei Freundinnen von Hertha aus der jüdischen Gemeinde haben ein Lied einstudiert.

Ewig und drei Tage - dem Himmel sei's geklagt!
Ewig und drei Tage, das ist so leicht gesagt.

> *Die Zeit lässt sich nicht überlisten,*
> *man muss sie leben ohne Pause, Jahr um Jahr.*
> *Auch für Verliebte gibt es keine andren Fristen -*
> *die Zeit macht kühl, was heiß und glühend war.*

> *Die Liebe hat ein Raubtierwesen,*
> *sie braucht die Jagd, auch wenn der Hunger schon gestillt.*
> *Sie wird nicht satt von Briefeschreiben und von Lesen,*
> *sie braucht, dass sie sich ab und zu erfüllt.*

Ewig und drei Tage - dem Himmel sei's geklagt!
Ewig und drei Tage, das ist so leicht gesagt.

Bevor es zu dieser jüdischen Hochzeit zwischen Max Koppel und Hertha Dietz kommen konnte, musste Hertha zum jüdischen Glauben übertreten. Ihre Freundin Claudia hat sie dabei unterstützt. Und die beiden Freundinnen freuen sich nun jedes Mal, wenn sie sich beim Gottesdienst oder anderen Veranstaltungen in der Synagoge begegnen. Hertha fühlt sich zum ersten Mal in ihrem Leben einer höheren Idee zugehörig. Einer wichtigen Sache! Wobei sie nicht in allen Einzelheiten versteht, was das Wesen und das Ziel der Sache ist. Doch es ist eben etwas, was über das Rose-Theater hinausführt. Es geht um die großen Dinge des Lebens und der Welt. Um Gott und um Ewigkeit. Um Gut und Böse!

Schließlich, das ist Hertha auch längst klar, kann sie nicht immer und ewig ihren Körper vermarkten. Singen, Tanzen, Rauchen, Trinken, Vögeln...

Willy hat gesagt, man muss sich für das Leben engagieren. Und um glücklich zu sein, braucht man Menschen, die man liebt. Und alles das, die großen und kleinen Weisheiten zusammen in einen großen Topf geschmissen und gut umgerührt - das ist in etwa dann das, was Hertha vom Judentum erwartet. Nennen wir das einfach Lebenssinn.

Dass sie Willy wehtun wird mit ihrer Hochzeit mit Max Koppel, ist Hertha übrigens klar. Doch wenn sie die Bahn wechseln will, kann sie da keine Rücksicht nehmen. Willy wird seinen Weg schon gehen! Sie redet sich ein, dass das so sicher ist, wie das Amen in der Synagoge.

Und in ihrem Herzen dominiert der Jubel. Hertha ist glücklich.

Ab heute sind wir ein Ehepaar,
mit Siegel und Papier.
Nun wird es anders, als es war,
nur wie es wird, wer sagt es mir?

Heut ist der Tag,
an dem das Leben ganz in neuem Takt beginnt,
heut ist der Tag, an dem wir alle glücklich sind.

1926 - Ein Café in Berlin

Emma Dietz und Ella Tölpe, die beiden geborenen Steyerthal-Schwestern, die äußerlich nicht unterschiedlicher sein
können, als sie sind - die eine klein und zierlich, die andere
eine Walküre -, sitzen bei Kaffee und Torte in einem Café.
Ella ist zu Besuch in Berlin.

Emma drückt ihre zarte Schwester zum wiederholten Mal an
ihre gewaltige Brust: "Ach, is det scheen, det du da bisd. Un
wie jeht es deine beedn Männa?"

Ella erzählt, dass es Albert wie immer gehe und dass Willy
eine Kellner Ausbildung in einem Dresdner Nobelrestaurant
absolviert. 'Brühlsche Terrassen'!

Emma erzählt von der Hochzeit Herthas mit Max. Und - dass
Hertha zum jüdischen Glauben übergetreten ist, um Max, den
Juden, heiraten zu können.

Emma spuckt den nächsten Satz förmlich voller Ekel vor sich
auf den Boden: "Der ist Vertreter für 'Perverser Teppische'!".

Ella korrigiert: "Du meinst 'Persianer'?"

Emma poltert weiter: "Oda so! Jednfalls - stell Dir det vor, da
wäscht nu meine Hertha die Untahosn von so eim Dreckjudn!
Un denn isse ooch noch schwanger dazu."

Der Kellner serviert den Damen zwei Kognakgläschen.

Seine Augen, hinter der Brille mit dem schwarzem Gestell
und den gelben Gläsern, sieht man nicht. ER hinkt leicht.

ER stellt die Gläschen vorsichtig auf den kleinen runden
Marmortisch: "Am deutschen Wesen soll die Welt genesen!
Wohl bekomms!"

1928 - Berlin / Wohnung von Max und Hertha

Die gemeinsame Wohnung von Max und Hertha Koppel ist durchaus im Geschmack der Zeit und kann als gutbürgerliche Wohnung bezeichnet werden. Max hat weder Kosten noch Beziehungen gescheut, um einen standesgemäßen Hausstand zu finanzieren. Allein mit dem Verkauf von 'Persianer'-Teppichen hätte er das allerdings nicht geschafft. Einige seiner betuchten Freunde vom 'Herrenclub Germania' halfen ihm da wohl mit langfristigen Darlehen, für die Max als Gegenleistung nichts weiter zu tun haben wird, als weiterhin einmal wöchentlich beim Clubabend als Bediener und 'Lustknabe' zur Verfügung zu stehen. Er ist die Zugnummer für die klubinternen Herrenabende. Ohne ihn wären die Herrenabende und, für einige Herren beinahe das ganze Leben, sinnlos. Da Max selbst keinerlei homosexuelle Neigungen hat, fällt es ihm leicht, seine Rolle als Verführer und jedermanns Liebling im Herrenclub zu spielen und sich hin und wieder anal penetrieren zu lassen. Hauptsache er kann ein paar Teppiche an den Mann bringen. Oder eben dieses oder jenes langfristige Darlehen an Land ziehen. Sein Kapital ist sein Körper! Sein Aussehen! Das weiß er. Und heimlich sieht er sich schon infolge des Aufblühens der nationalsozialistischen Ideologie, die das arische Wesen als Ideal erwählt hat, in einem Aufwind, der ihn nach ganz oben... vielleicht sogar nach... nach... ach, wer weiß wohin tragen wird! Er hat das richtige Outfit, wie der Engländer sagt.

Es werden für ihn glorreiche Zeiten kommen. Heil Hitler!

Die Gründung einer Familie einschließlich einer hübschen Gattin, eines hübschen Kindes und einer hübschen Wohnung, ist ihm jedenfalls bereits erfolgreich und perfekt gelungen. Max fühlt sich auf dem rechten Weg.

Aber es herrscht permanent große Unordnung in der Wohnung. Hertha versucht sich zwar mit viel gutem Willen als Hausfrau und trägt meistens eine Schürze, doch es scheint ihr nicht gegeben, einen Haushalt zu führen. Immerhin kümmert sie sich liebevoll um das Evelynchen - knapp zwei Jahre alt mittlerweile!

Ein Dienstmädchen wäre die Lösung, aber da müsste Max noch mehr Teppiche verkaufen. Der Bedarf an Teppichen bei den Herren im 'Herrenclub Germania' ist aber bereits weitestgehend gesättigt. Neue Märkte zu finden ist nicht leicht.

Max macht sich stadtfein.

Hertha schaut zu, wie er sich die Krawatte bindet: "Wo jehsde hin?"

Max wirkt genervt: "Was geht dich das an? Kümmre du dich um das Evelynchen! Das geht dich was an!"

Hertha hat keine Kraft, sich wirklich gegen Max aufzulehnen: "Dann jib mir wenigstens bisken Jeld. Ick muss wat einkoofn."

Max: "Geld, Geld... denkst du, das kommt von allein?"

Hertha: "Wann hast du eijentlich den letztn Teppisch vakooft?"

Max: "Vielleicht heute."

Hertha: "Wer kooft in die Zeitn Perverser?"

Sie hängt sich ihm an den Hals und küsst ihm den Hals: " Ach, Maxe, un dabei brauch ick dir doch so!"

Sie versucht ihm das Jackett auszuziehen.

Max bremst sie: "Mach langsam! Mein guter Anzug!"

Max zieht sich die Jacke seines Anzuges selbst aus und lässt die Hose herab bis zu den Knien. Hertha streift ihre Unterhose nur bis über die Pobacken nach unten und beugt sich, den Rock zu den Hüften hochgeschoben, über den Küchentisch. Ihre kleinen goldenen Ohrringe, in die jeweils ein winziger geschliffener rotblitzender Rubin gefasst ist, können die dunkle Traurigkeit in ihrem Gesicht nicht aufhellen.

Max fickt sie lieblos und energisch, ohne zu versuchen, ihr eine Chance auf einen Orgasmus zu geben. Er ejakuliert schnell. Er ist in Eile.

Ach, Max, wat hab ick dir jeliebt, ick doofet Huhn,
wat warst du für ein feiner Kavalier.
Nu habe ick det Kind jekriegt -
ach, Max - un dieset Balch, det is von dir.
Doch dir, dir jeht det jar nischt an, du krumma Hund,
ick habe janz alleene den Salat.

Du bist wie früha stets een Lebemann -
ach, Max - ich weeß mir balde keenen Rat.

Ein wenig Abwechslung und ein gewisses Maß an Spaß und Vergnügen bieten für Hertha - zwischen Evelynchen, Haushalt und Sex - die Stunden, die sie in der jüdischen Gemeinde verbringt. Ob Gottesdienste oder kulturelle Abende mit Vorträgen und Diskussion - da fühlt sie sich lebendig. Da hat sie auch meistens ihre alte und beste Freundin Claudia an der Seite.

Da sich auch bei Claudia das Eheglück in bescheidenen Grenzen hält, ihr Gatte, Bankier Emanuel Sponholz, ist zwanzig Jahre älter als sie und doch eher etwas phlegmatisch, als leidenschaftlich, wächst die Freundschaft der beiden Frauen von Treffen zu Treffen. Fast sind sie ein bisschen verliebt ineinander. Jedenfalls empfindet eine bei der anderen Seelenpartnerschaft und Verständnis - sie sind eben beste Freundinnen!

1928 - Willy kommt nach Berlin

Willy kommt gegen Mittag mit Koffer und Tasche am Schlesischen Bahnhof an. Seinen langen grauen Mantel trägt er offen. Der heftige Wind lässt den dunkelgrünen Seidenschal vor seiner Brust tanzen. Ein dunkler Anzug, schwarz mit Nadelstreifen, ein weißes Hemd und eine gelb-schwarz gemusterte Krawatte vervollständigen sein elegantes Äußeres. Basis seiner eleganten Erscheinung ist allerdings er selbst. Das blonde Haar exakt gescheitelt und gegelt. Eine straffe und aufrechte Haltung. Wer Körpersprache versteht, kann es hören: Jetzt komme ich!

Willy überlegt, ob er nicht mit der S-Bahn fahren sollte. Seine finanzielle Ausstattung ist zwar, dank seiner Eltern, gut, aber eben nicht üppig. Dass er sich doch für ein Taxi entscheidet, ist pures Kalkül. Es scheint ihm wesentlich respektabler zu sein, mit einem Taxi vor dem 'Hotel Adlon', wo er einen Termin für seinen Antrittsbesuch hat, vorzufahren, als per Fuß zu erscheinen. Auch wenn sicherlich niemand der Direktoren auf ihn am Eingang warten wird, aber man weiß ja nie! Womöglich schaut einer gerade aus dem Fenster?

Willy geht zum Taxihalteplatz und steigt in das, in der Reihe der Taxis vorn stehende Taxi ein. Es ist wieder eine 'Horch'-Limousine. Der Taxifahrer, wir ahnen es längst, ist der mit der eigenartigen Brille. Seine Augen, hinter der Brille mit dem schwarzem Gestell und den gelben Gläsern, sieht man nicht.

Willy wundert sich und glaubt, den Taxifahrer zu kennen. "Entschuldigung, aber sind sie nicht vor einigen Jahren in Chemnitz Taxi gefahren?"

Der Taxifahrer antwortet: "Ach, junger Mann, Chemnitz - kann sein, kann nicht sein. Wo bin ich noch nicht Taxi gefahren?! Aber, wo solls hingehn, bitte schön?"

Willy gibt sich mit der Antwort des Taxifahrers zufrieden und antwortet: "Bitte zum Hotel Adlon."

ER stößt einen kleinen Pfiff zwischen den Zähnen hervor: "Olala... noble Adresse. Was Rang und Geld hat, wohnt im Adlon."

Willy lächelt bescheiden: "Ich habe dort eine Anstellung gefunden."

ER fragt: "Der neue Geschäftsführer?"

Willy entgegnet sachlich: "Getränkekellner."

"Na, dann Prost!" - wünscht ER und meint das vielleicht ein bisschen ironisch.

Herthas ehemaliges Zimmer bei ihren Eltern in der Koppenstraße wird von den letzten Sonnenstrahlen des Tages geflutet.

Willy steht mit seinem Gepäck, das er nun absetzt, neben Emma und schaut sich in dem Zimmer um.

Emma deutet mit der Hand in die Runde: "Det is det Zimma von die Hertha. Hier kannste wohn, solange wie de willst."

"Danke!" - sagt Willy und umarmt seine Tante.

"Wenn de dir bißken einjerichtet hast, kommste runta, wa. Aba lass dir ruisch Zeit, ick hab noch im Ladn zu tun."

Emma eilt die Treppe hinunter zum Erdgeschoss. Zum

Milchladen im Souterrain gelangt sie dann über eine Treppe vom Hof aus. Im Laden warten bereits zwei Kundinnen.

"Oh, pardon, det sie wartn musstn. Ick musste ma kurz mein Neffn begrüßn! Der arbeitet in det 'Adlon'-Hotel! Un bissa eene standesjemäße Bleibe jefundn had, wohnta bei mir!"

Willy gefällt es in Herthas Zimmer. Er holt als erstes ein gerahmtes Foto von Hertha aus dem Koffer und stellt es auf die Kommode.

Nach und nach räumt er seine Utensilien in die Fächer und in den Kleiderschrank. Er merkt nicht, wie die Zeit vergeht. Seine Gedanken schweifen immer wieder ab. Und immer wieder richtet er seine Gänge durch das kleine Zimmer zum Schrank oder zum Bett so ein, dass er an der Kommode vorbei geht, wo Herthas Foto steht. Ein kleines Passfoto von sich hat er an ihrem großen Spiegel am Kleiderschrank entdeckt. Im Schrank hängen noch einige Kleidungsstücke.

Mein Bild, es steckt an ihrem Spiegel,
in diesen Spiegel hat sie lange nicht geblickt.
Ich schenkte ihr das Bild als Siegel,
ein stummer Schwur - ein trauriges Relikt.
Ja, dieses Kleid hat sie getragen -
ich seh sie noch - in Chemnitz auf dem Gondelteich.
Und als wir auf der Wiese lagen...
sie hat gelacht, ihr Haar im Wind so weich...

Als Tante Emma mit einem Tablett in der Tür erscheint, fühlt er sich beinahe ertappt. Zumindest weckt er aus seiner Trance auf und befindet sich wieder in der Realität.

"Ach, Tante Emma!" - sagt er mit einer gewissen Verlegenheit - "Entschuldige bitte. Ich habe hier herumgetrödelt. Gerade wollte ich runterkommen."

Emma entgegnet: "Na, nu bin ick eben hochjekomm! Kannst ja ooch hier wat essn!"

Willy: "Aber das wäre wirklich nicht nötig gewesen."

Emma: "Wer weeß! Essn un Trinkn haltn Jeist un Körpa zusammen! Kieck mich an!"

Aber Willy brennt vor allem eine Frage auf der Zunge: "Und wie geht es Hertha?"

Emma stellt das Tablett mit dem Abendbrot auf den Tisch, der unterm Fenster steht: "Lass mir bloß mit die in Ruhe! Seid die mit dem Juden vaheiratet is, is die für mich jestorm!"

Willy ist erschrocken: "Aber Tante Emma... sie ist doch deine Tochter! Wichtig ist doch, dass sie glücklich ist!"

Emma winkt ab: "Glücklich... - wie soll die denn glücklich sein... mit eim Judn? Un dazu noch een Kind von dem!"

Willy hat diesem Ausbruch von Zorn nichts entgegen zu halten.

Und Emma poltert weiter: "Un du... du musst dir die ausm Kopp schlachn. Die is so oder so nischd mehr für disch!"

Sie dreht das Bild von Hertha, das Willy aufgestellt hat, energisch zur Wand. Mit nachdenklicher Stimme sagt sie: "Ob se wat für dich jewesen wäre...? Wer weeß, mein Junge! Wer weeß!"

Für Willy steht aber längst fest, dass er Hertha treffen will.

Unbedingt! Wo und wie, das wird sich finden.

An einem der nächsten freien Abende macht er sich also zum 'Rose-Theater' auf. Damals bei ihrem Besuch in Chemnitz hatte Hertha viel erzählt vom 'Rose-Theater' und den Shows und dem Spaß, den sie dort hat. Und wie sie vom Publikum gefeiert wird, wenn sie ihr 'Schmetterlings-Lied' singt. Dort wird man wohl wissen, wo er Hertha treffen kann.

1929 - Berlin / Rose-Theater

Frieda und Claudia tanzen auf der Bühne zur Musik von 'Schmetterlin, flieg!' im Afrikalook!

Dass vor einigen Jahren zu dieser Nummer auch eine dritte Puppe, eine Sängerin namens Hertha gehörte, wissen nur noch wenige.

Unter den Gästen im 'Rose-Theater' befindet sich an diesem Abend auch eine etwas blasse junge Frau mit ihren Eltern, die von Hertha auch noch nie etwas gehört hat. Die junge Frau heißt Leonore Braun. Ihre Eltern, die sich sichtlich unwohl fühlen in der Tingeltangel Atmosphäre des 'Rose-Theaters', sind Besitzer der 'Ersten Berliner Braun-Bier Brauerei'. Sie wollten ihrer Tochter die Freude machen, die schon so viel Gutes über das 'Rose-Theater' gehört hatte. Aber man konnte schließlich eine junge Frau nicht alleine in so einen Laden gehen lassen! Und wenn man sie immer nur im Haus versteckt, wird sie nie einen Mann finden! "Und langsam versauern!" - wie die Mutter ihren Befürchtungen vor Tagen Ausdruck verlieh. "Ein bisschen ranzig ist sie schon!" - äußerte der Vater.

Max Koppel, der nach wie vor, nämlich so, wie vor seiner Ehe mit Hertha, häufig im 'Rose-Theater' aufkreuzt, kommt an diesem Abend ziemlich zeitig - noch vor Einbruch der Dunkelheit. Die Herren im 'Herrenclub Germania' wollten ihn eigentlich gar nicht fortlassen. Aber Max hatte so ein übermächtiges Gefühl, weg zu müssen. Fort von diesen schwulen Arschlöchern! Er verabschiedete sich dort ohne lange zu fackeln, aber in der Gewissheit, dass man ihm seinen Unwillen nachsehen wird.

Auf Hertha, seine ihm angetraute Ehefrau, die in der gemeinsamen Wohnung sicher auf seine Heimkehr lauert, um ihm Vorwürfe zu machen, hat er auch keine Lust verspürt. Ihr ewiges Gezeter wegen seiner Lebensführung und dem permanenten Mangel an Geld gehen ihm auf die Nerven.

So begrüßt Max Koppel den Türsteher des 'Rose-Theater' weit vor Mitternacht als in den Straßen gerade erst die Laternen angehen und geht dann schnurstracks in den Saal. Er schaut sich drinnen um, was denn so los ist, und bemerkt auf Anhieb die blasse junge Frau mit ihren Eltern, die er alle drei noch nie hier gesehen hat.

Ein außergewöhnliches Grüppchen, das beinahe wie ein Fremdkörper wirkt. Sie trinken einen teuren Sekt. Sie wirken überhaupt irgendwie teuer. Er kann sich gar nicht genau erklären, was bei ihnen diesen Eindruck hervorruft. Die Kleidung? Die Gesichter? Die Haltung?

Und dass die junge Frau ein bisschen blass im Gesicht ist, stört ihn nicht. Die neue Mode mit der sportlichen Bräune findet er sowieso unweiblich.

Max Koppel zieht sich wieder aus dem Saal zurück und geht zum Eingang, wo ihm der Türsteher erstaunt entgegenschaut: "Wolln Sie schon wieder los, Herr Koppel?"

Max fasst den Türsteher am Arm und zieht ihn etwas zur Seite: "Nein, nein. Aber du weißt doch bestimmt, wer diese blasse junge Frau ist. Sind das ihre Eltern, die dabei sind?"

ER befreit sich aus dem Griff von Max, seufzt und schaut

nachdenklich nach oben. Seine Augen, hinter der Brille mit dem schwarzem Gestell und den gelben Gläsern, sieht man nicht. Mit bedeutungsschwerer Stimme sagt ER: "Ja, vielleicht weiß ich das. Man müsste mich zum Nachdenken etwas anregen - besonders wenn man ein verheirateter Mann ist!"

Max lacht und steckt ihm einen Schein in die Brusttasche seiner Livree: "Das ist Erpressung! Ganove!"

"Nein, es ist eine lohnende Investition!" - kontert ER. "Sie ist das alleinige Kind der beiden Alten. Ende Zwanzig. Und die Alten sind Besitzer der berühmten 'Berliner Braun-Bier Brauerei'. Juden! Die Tochter soll endlich unter die Haube gebracht werden!"

Max Koppel entfernt den Ehering von seiner rechten Hand, der, weil er ihn oft abnimmt, keine tiefe Spur hinterlässt, und tanzt mit der Braunbiertochter den ersten Tanz noch weit vor Mitternacht.

Willy, der fast wie eine Kopie von Max Koppel anmutet, nur ein wenig kleiner, etwas filigraner, nicht ganz so kompakt - vergleichsweise zerbrechlicher als Max - spaziert erst einmal langsam am 'Rose-Theater' vorbei, obwohl es seine Absicht ist, hineinzugehen und nach Hertha zu suchen, oder zu fragen. Er registriert den Türsteher und das große Plakat zwischen den Säulen des Portals, auf dem für den Besuch der 'Walpurgis-Show' mit den 'Kiez-Sisters' geworben wird.

Willy fragt sich, ob es sein könnte, dass Hertha zu den 'Kiez-Sisters' gehört?

Tante Emma hat ihm nicht sagen können, oder nicht sagen

wollen, ob Hertha noch manchmal im 'Rose-Theater' auftritt.

Auf dem Weg auf der anderen Straßenseite zurück, wieder vorbei am 'Rose-Theater', wird Willy vom Portier des 'Rose-Theaters', der auf dem Vorplatz leicht hinkend herumläuft und versucht, Passanten für den Besuch des Theaters zu gewinnen, angesprochen.

Mit einer kleinen Verbeugung beginnt ER seine kleine Ansprache: "Mein Herr, wenn sie für den Abend nach einer niveauvollen Unterhaltung suchen, dann..."

Willy unterbricht ihn mit den Worten: "Gut, dass sie mich ansprechen - ich suche allerdings weniger nach Unterhaltung... ich suche nach einer Künstlerin, die, wenn ich richtig informiert bin, in diesem Theater auftritt."

Der Portier ist überrascht und rückt seine Brille zurecht. Willy könnte wetten, dass der Portier vor ein paar Tagen der Taxifahrer war, der ihn zum 'Adlon' gefahren hat. Seine Augen, hinter der Brille mit dem schwarzem Gestell und den gelben Gläsern, sieht man nicht. Aber es spielt ja auch wirklich keine Rolle. Der Kerl soll ihm gefälligst antworten!

Aber ER schaut Willy noch ein Weilchen an, als müsse er nachdenken und seine Gedanken sortieren.

"Welche Künstlerin?" - fragt ER dann endlich.

"Hertha."

"Hertha?" - fragt ER nach.

"Hertha!" - bestätigt Willy mit Nachdruck. "Hertha Dietz. Sie ist meine Cousine."

ER hebt bedauernd die Hände: "Oh, das tut mir leid! Nein, Hertha - die ist schon seit zwei Jahren nicht mehr aktiv. Aber wenn ich Sie bekanntmachen darf... mit ihren besten Freundinnen... den 'Kiez-Sisters?"

Willy lässt sich bereitwillig zum Eingang des 'Rose-Theaters' geleiten und überlässt dem Türsteher seinen Mantel, der ordnungsgemäß in der Garderobe von der Garderobiere verwahrt wird.

Der Türsteher schiebt Willy dann an der Bar vorbei zu einem Tisch, wo Frieda und Claudia bei einem Glas Sekt sitzen. Sie tragen eine Art von Bolero-Jäckchen, das vorn von einer Kordel nur sehr offenherzig zusammengehalten wird. Und eigenartige Pluderröcke haben sie an. Es sind sicherlich keine stilreinen Hexenkostüme. Ihre Frisuren sind immerhin hexenmäßig wirr, grau gepudert und mit spinnennetzartiger Gaze drapiert. Das Make-up ist sehr schauerlich, findet Willy.

Der Türsteher schiebt Willy noch ein kleines Stück an den Tisch heran und macht eine kleine Verbeugung: "Wenn ich vorstellen darf - Herr Willy Tölpe, der Cousin von Hertha aus Chemnitz!"

Bevor sich Willy richtig wundern kann, woher der Türsteher seinen Namen und Herkunft kennt, setzt der fort: "Und hier... hier haben wir die besten Freundinnen von Hertha - Frieda und Claudia! Die 'Kiez-Sisters'! Beide vom gleichen Kaliber!"

Claudia fährt ihr Bein aus und tritt dem Türsteher in den Hintern. "Hau ab, du hintahältiga Türschwengel!"

Frieda reicht Willy die Hand. "Komm, Kleena setz dir. Ick beiße erst späta!"

Es dauert keine zehn Minuten und Willy ist umfassend über

Herthas wenig erfreuliche Situation informiert.

Claudia senkt plötzlich verschwörerisch die Stimme: "Der Jötterjatte von die Hertha übrigens... siehste da drüben den großen Blonden?! Det issa! Max Koppel!"

Frieda ergänzt: "Der kommt, wenna kommt, imma alleene. Die Hertha is ewisch nisch hier jewesn."

Der Türsteher registriert nicht ohne eine gewisse Schadenfreude, dass sich augenscheinlich gerade im Moment mehrere schicksalsschwangere Konstellationen anbahnen.

Da wäre erstens Max Koppel, der die Bekanntschaft von Leonore Braun, der Tochter der Inhaber der 'Ersten Berliner Braun-Bier Brauerei', macht.

Zweitens Willy Tölpe, Herthas Cousin, der Frieda kennenlernt.

Und drittens Claudia... auch für Claudia geht an diesem Abend im 'Rose-Theater' ein neuer Stern auf.

Claudia wird von einem gut gekleideten, etwas dicklichen Mann - es ist der Bankier Emanuel Sponholz - mehrfach zum Tanz aufgefordert. Claudia nimmt die Aufforderungen mehrfach an.

Während Claudia also unentwegt mit ihrem neuen Verehrer tanzt, beginnen Frieda und Willy miteinander zu reden.

Frieda eröffnet ohne Hemmung: "Du bisd det also - der schöne Knabe aus die Provinz! Hertchen had sowad von dir jeschwärmd! Un nu isse vaheiratet mid eim Judn. Aba ick wäre noch frei!"

Willy findet Friedas Art, so geradezu zu sein, amüsant: "Wenn ich dann bitten darf?"

Frieda hängt sich beim Tanz mit Leidenschaft an Willy. Willy findet Gefallen an Frieda. Über ihr freches Lied, das sie dann solo vorträgt, amüsiert er sich sehr.

Ich bin geboren nicht wie alle,
zwar Frucht aus einer Mutter Schoß,
jedoch konkret in meinem Falle -
ich zog von vornherein das große Los.
Ich wurde wahrhaft hochgeboren,
die Mama war Frau 'von und zu'!
Mein Papa war zum Fürst erkoren.
Ich bin Prinzessin von Quandschu.
Und darum wickelt man mich sacht
in Samt und Seide jede Nacht.
Doch immer zur Gespensterstunde,
da ruft es leise: Kunigunde, Kunigunde -
komm mit uns zur schönen Runde!
Komm mit uns ins Paradies,
wo man Eva einst verwies.

Da wird mir stets mein blaues Blut so heiß,
dass ich mir Gold und Samt vom Leibe reiß.

Was fluchten alle meine Ammen,
lag ich im Bettchen dann halbnackt.
Man rief den weisen Rat zusammen,
der bestaunte mich als Akt.

Die Herrn berieten sehr ausführlich

und kamen zu dem schönen Schluss,

dass ich mich eigentlich figürlich

entkleidet nicht sehr schämen muss.

Und trotzdem wickelt man mich sacht

in Samt und Seide jede Nacht.

Doch immer zur Gespensterstunde

da hör ich's rufen: Kunigunde, Kunigunde -

komm mit uns zur schönen Runde!

Komm mit uns ins Paradies,

wo man Eva einst verwies.

Da wird mir stets mein blaues Blut so heiß,

dass ich mir Gold und Samt vom Leibe reiß.

Am Ende ihres Liedes steht Frieda nackt im Evaskostüm und verbeugt sich. Willy ist teils fasziniert, teils etwas schockiert. Aber er klatscht wie die meisten sehr heftig.

Max Koppel hat mit der Braunbiertochter erfolgreich angebandelt und sitzt bereits am Tisch mit deren Eltern. Er applaudiert nur wenig nach Friedas Auftritt. Er will schließlich einen seriösen Eindruck hinterlassen.

1930 - Berlin / Wohnung von Max und Hertha

Max macht sich wieder stadtfein. Hertha schaut ihm eine Weile zu, geht schließlich ins Nachbarzimmer und beginnt sich energisch ebenfalls in Schale zu schmeißen.

Dann stehen sie sich beide im Flur gegenüber. Hertha trägt das dunkelgrüne Pailletten Fransenkleid, das ihre schmale Taille kaum verbergen kann - und wohl auch nicht soll.

Ihre kleinen goldenen Ohrringe, in die jeweils ein winziger geschliffener rotblitzender Rubin gefasst ist, verleihen ihrem Gesicht etwas Mutwilliges. Jetzt oder nie!

Max ist verwundert: "Willst du irgendwohin?"

Hertha streckt sich, um ihrem Mut Halt zu geben: "Ick muss hier ooch ma raus, sonst dreh ick durch!"

Mir fällt die Decke uffn Kopp,
mir armet Weib, wenn ick nur imma Mutta spiel.
Ick hasse diesen Windeltopp!
Ach, Max - nee, wat zuviel is, is zuviel.
Du denkst nur an dir selba, olla Schuft!
Ick brauche ooch mal wieda Luft,
Ick will noch nich begraben sein
in die vier Wände hier...

Hertha schluchzt. Max ist unsicher: "Und das Evelynchen?"

Hertha sagt trotzig: "Hab ick zu meine Mutta jebracht!"

Max ist erstaunt: "Zu deiner Mutter? Ich denke, die redet seit unserer Hochzeit nicht mehr mit dir?!"

Hertha kommen beinahe die Tränen, aber sie quetscht hervor: "Macht se ja ooch nisch. Aba mit det Evelynchen redet se nu doch."

Max weiß nicht recht, was diese neue Entwicklung für ihn bedeuten könnte, aber er denkt nicht weiter darüber nach. Seine Gedanken kreisen seit Tagen nur noch um die 'Erste Berliner Braun-Bier Brauerei' und deren Erbin, Leonore Braun.

Hertha und Max verlassen kurz nacheinander die Wohnung und tauchen ein in die nächtliche Stadt - aber in verschiedenen Richtungen.

Hertha finden wir in den nächsten Wochen und Monaten häufig in Bars und Tanzlokalen des gehobenen und auch weniger gehobenen Niveaus.

Männer zu finden, die ihr den Hof und die Stube machen, wenn wir uns richtig verstehen wollen, ist für Hertha kein Problem. Sie gilt bald in gewissen Kreisen als 'der Geheimtipp'!

Das 'Rose-Theater' meidet sie noch eine Zeit lang.

Max Koppel sitzt oft mit Leonore, der Braun-Bier-Tochter, im Salon der Villa der Familie Braun. Man pflegt Canasta oder Doppelkopf zu spielen. Wenn er mit Leonore alleine ist, gehört es zu ihren Lieblingsbeschäftigungen Reiseprospekte anzuschauen und im 'Immobilien-Anzeiger' nach einer Villa für sie beide zu suchen, die ihnen nach der vollzogenen Hochzeit als standesgemäßes Heim dienen könnte.

Die Beichte, dass er verheiratet ist, vor der Max lange große Angst hatte, war ihm, ohne größere Turbolenzen auszulösen, mit Absolution abgenommen worden. Leonore hat lediglich gemeint: "Dann musst du dich eben scheiden lassen!"

1931 - Chemnitz / Tänzers Restaurant

Emma Dietz war mit ihrer Enkelin Evelyne zur Kur in Franzensbad und besucht nun auf der Rückfahrt die Verwandtschaft in Chemnitz. Am Abend, als Evelyne schon im Bett liegt, sitzen die beiden Steyerthal-Schwestern, Ella und Emma, in einer Nische im Lokal bei einer Flasche Wein.

Es gibt wieder so viel zu erzählen.

"Seit der Willy bei mir ausjezochn is, is der wie vom Erdbodn vaschluckt."

Ella erzählt, dass Willy geschrieben hat. Er würde bei Frieda wohnen und sei arbeitslos.

"Die Frieda, wat die Freundin von die Hertha war? Die aus der Koppenstraße?" fragt Emma nach.

"Genau die! Bei der wohnt er." - bestätigt Ella.

Dann erzählt Emma von der Scheidung Herthas.

"Weeßte, Ella, det dat nisch konnde jut jehn, det hab ick von Anfang an jewusst! Mid eim Juden! Nu isse wieda deutsch!"

"Und was macht sie so, die Hertha?" - fragt Ella.

Emma schaut sich um, ob auch niemand ist, der zuhören kann:" Ick weeßet nisch jenau, aba ick habe den Vadachd, die vakooftd sich. Un am Rose-Theater häng wieda een Plakat von der. Halb nackisch! Pfui Deiwel! Aba det Evelynchen is - jottseidank! - bei mir in Sichaheit!"

1932 - Berlin / Rose-Theater

Das große Plakat zwischen den Säulen des Portals zeigt - fast wie vor zehn Jahren - die drei Puppen - Hertha, Frieda und Claudia. Jetzt sind sie zu dritt unter dem Namen 'Kiez-Sisters' vereint. Kostümiert als Hexen. Mit nur wenig Stoff auf der Haut!

Der Türsteher bestätigt gern, wenn es einer hören will:

"Ja, es ist ein wahres Wunder - die drei sind wieder komplett - Hertha, Frieda und Claudia - die 'Kiez-Sisters'! Wenn Sie hereinkommen möchten...? Hertha bereitet sich schon auf ihren heutigen Auftritt vor. Frieda und Claudia haben noch Zeit. In einer Stunde beginnt die Show!"

Nach ihrem Auftritt empfangen die 'Kiez-Sisters' wie üblich den großen Applaus und verschwinden nach dem zweiten Vorhang endgültig hinter der Bühne.

Claudia kommt als erste, vom Hexenkostüm und der grausigen Bemalung befreit, in feiner Abendrobe aus der Garderobe zurück und geht geradewegs zu einem der Separees, wo Bankier Sponholz mit einem Strauß Rosen auf sie wartet. Bald wird er sie heiraten.

Nur zwei Separees weiter sitzen Max und seine Braunbiertochter, die bereits frischvermählt sind. Die Trennung zwischen Max und Hertha war friedlich verlaufen. Die Eltern von Leonore Braun hatten eine großzügige finanzielle Entschädigung für Hertha bereitgestellt.

Trotzdem erscheint es verwunderlich, dass die beiden Frischvermählten gerade in dem Varieté-Etablissement, wo Hertha auftritt, nach wie vor häufig zu Gast sind.

Wahrscheinlich ist das einem gewissen Gefühl der Vertrautheit, des 'hier zu Hause seins', das Max einfach nicht unterdrücken kann, geschuldete. Erst nach dem achten gemeinsamen Besuch im Rose-Theater setzt Leonore ihren Willen durch, dass man das Rose-Theater künftig meidet, jedenfalls solange Hertha dort auftritt.

Der nun anstehende Abend macht sich für uns auch deshalb besonders interessant, weil an diesem Abend, neben all den anderen, deren Wege sich wieder einmal im Rose-Theater kreuzen, auch Willy Tölpe zu Gast ist. Er hat am Bartresen Platz genommen. Warum er an diesem Abend hier her gekommen ist, weiß er selbst nicht genau. Wegen Frieda kann es nicht sein. Mit der lebt er zwar seit einigen Monaten zusammen in deren Wohnung, aber ansonsten gehen sie beide verschiedene Wege.

Willy hat übrigens seinen Job im 'Adlon'-Hotel wegen allgemeiner Sparmaßnahmen verloren. Er ist arbeitslos. Nach Chemnitz zurück ins elterliche Restaurant kann er nicht - 'Tänzers Restaurant' ist abgebrannt. Wahrscheinlich war es Brandstiftung. Die Eltern sind nicht versichert. Willy ist deprimiert.

Seine Frieda kellnert tagsüber als Aushilfe in einem Restaurant und kann damit sich und Willy mit Müh und Not über Wasser halten.

Neu bei Frieda ist ihr politisches Engagement. Sie ist aktives

Mitglied bei dem Kommunisten geworden. Das weiß im Rose-Theater jeder.

Frieda hat sich nach dem Abschminken und Umziehen auf einen Hocker am Bartresen neben Willy geschwungen.

"Na, wie war ick?"

Willy streckt den Daumen hoch: "Spitze! Die Hexe ist dir auf den Leib gezimmert!"

Frieda protestiert: "Eh, det is eene Beleidijung! Ick werde dir vaklachn wejen Valeumdung!"

Willy lacht. Frieda auch.

"Du, morjen is Demo jejen die Nazis. Jeht uffm Straußberga Platz los. Kommsde mid?"

Willy schüttelt energisch den Kopf: "Nein, das ist nicht meine Welt."

Im Saal geht langsam das Licht aus. Die Bühne erstrahlt im Scheinwerferlicht. Hertha singt ihr neues Lied. Willy schaut ihr hingerissen zu. Frieda nimmt es hin. Sie weiß, dass nicht sie Willys große Liebe ist. Manchmal wurmt sie das. Sie muss sich irgendwie rächen. Genau jetzt ist ihr danach! Sie muss eine Gemeinheit loswerden.

Frieda drängt sich an Willy und flüstert ihm ins Ohr: "Wie wäret denn, Willy, wenn du die Hertha heiraten tätest... denn könntet ihr beede vorm Arbeitsamt tingeln jehn. Du müsstet bloß een Klavier mit richtige Räda koofn."

Willy schlägt Frieda brutal ins Gesicht. Sie steckt es weg.

Max Koppel, Herthas Ex, tanzt nach Herthas Auftritt wieder mit seiner Braunbiertochter.

Max schaut ihr tief in die Augen und überlegt laut: "Ach, Leonore, wenn mir dein Vater die Geschäftsführung überträgt, dann werde ich Berlin mit Braun-Bier regelrecht überschwemmen!"

Claudia tanzt mit ihrem Verehrer, dem Bankier Emanuel Sponholz.

Sponholz versichert ihr: " Wirklich, in der Bank kann es nicht besser laufen, wie es läuft. Mir fehlt eigentlich nur noch dein JA, zum Glück!"

Alles das, was an diesem Abend geschieht, hätte an jedem anderen der Abende im Rose-Theater früher oder später auch geschehen können. Aber es geschieht alles auf einmal an diesem Abend! Die Krönung der Ereignisdichte an diesem Abend ist Folgendes:

Wir haben ihn nicht kommen sehen, aber nach Herthas Solo findet sich im Publikum auch ein sehr elegant gekleideter Herr. Er mag zirka fünfundvierzig oder fünfzig Jahre alt sein. Schlank, mittelgroß und mit glatt nach hinten gegeltem Haar. Ein dunkelblauer zweireihiger Anzug, ein weißes Hemd und eine mit blauen Pflanzenornamenten gemusterte Krawatte vervollständigen seine auffällige Erscheinung. Sein Name ist Wernfried König.

Es passiert nun, nachdem Hertha gesungen hat, einfach und eigentlich unspektakulär folgendes: Als sie nach dem Abschminken und Umziehen wieder im Saal auftaucht, wird sie vom Türsteher abgefangen. ER spricht verschwörerisch auf Hertha ein und geleitet sie schließlich an jenen Tisch, wo jener elegante Herr sitzt.

So lernt Hertha an diesem Abend Herrn Wernfried König, Staatssekretär im Reichsbauministerium, kennen. Der wird ihr Schicksal in den nächsten Jahren bestimmen.

Hertha nimmt, nachdem sich der Türsteher wieder diskret zurückgezogen hat, auf dem Stuhl, den ihr Wernfried König zurechtrückt, Platz: "Danke, Süßa! Ick trinke Sekt."

Wernfried bestellt bei der herangeeilten Kellnerin - "Ein Glas Sekt für die Dame und noch ein Pilsner Bier!"

Die Dienstkleidung der Kellnerinnen im Rose-Theater ist einer Erwähnung wert. Auch Wernfried König kann seinen Blick nicht zwingen, weg zu schauen, als die Kellnerin davonschaukelt, um die gewünschten Getränke zu holen.

Hertha kommentiert: "Schöna Hintan, wa? Glatt zum Rinbeißn!"

Wernfried lacht laut und völlig ungekünstelt: "Ich fühle mich durchschaut!"

Hertha lehnt sich zurück und fixiert Wernfried von oben bis unten: "Un womid vadienst du dein Brötschn, Süßa?"

Wernfried antwortet: "Ich baue Häuser und Straßen. Und ich werde vielleicht die Autobahn bauen."

Davon hat Hertha schon gehört: "Autobahn! Wer brauch

denn sowat?"

Wernfried König neigt den Kopf nachsichtig, aber wissend zur Seite: "Abwarten!"

Willy, der von Frieda die Nase voll hat und schließlich Hertha an dem Tisch mit dem noblen Herrn entdeckt, will unbedingt und dringend mit Hertha reden. Er darf die Chance nicht verspielen. Noch ist Hertha ungebunden. Wenn er nicht arbeitslos geworden wäre, hätte er schon eher einen Vorstoß gewagt.

Als er sieht, dass sie anfängt mit dem eleganten Herrn schön zu tun, drängt er sich einfach mit einem Stuhl zwischen die beiden.

"Guten Abend!"

Aber Hertha erkennt und beherrscht die Situation. Sie entschärft Willys Angriffslust mit einem Kuss auf die Wange und macht Willy mit schönster Selbstverständlichkeit mit Wernfried König bekannt. Sie erwähnt auch, dass Willy, ihr Cousin aus Chemnitz, arbeitslos ist. "Vorher war er im 'Adlon'."

Wernfried König, der immer wenn er in Berlin weilt, im 'Adlon' logiert, erinnert sich, Willy im Adlon gesehen und wohlwollend bei seiner Tätigkeit beobachtet zu haben.

Wernfried hat eine kleine schwule Ader. Ihm gefällt Willy auch jetzt und er gibt ihm schließlich nach einigen kurzen informativen Worten die Adresse der 'Likörstube' - Friedrich-Ecke Mohrenstraße!

Wernfried erklärt dazu: "Zeigen sie dort meine Karte vor und sagen sie einen herzlichen Gruß. Man wird ihnen garantiert

76

weiterhelfen!"

Willy verabschiedet sich von Wernfried König und Hertha: "Na, dann - danke für die Adresse, Herr König! Machs gut, Hertha." Seine anfängliche Aggression ist verebbt. Es ist sinnlos sich aufzuspielen. Seine Situation ist einfach nicht geeignet, Hertha an sich binden zu können. Er wird bei Frieda bleiben.

Der Türsteher schaut vom Eingang her in den Saal und überschaut die Szene. Seine Augen, hinter der Brille mit dem schwarzem Gestell und den gelben Gläsern, sieht man nicht. Er scheint zu lächeln:

"Und so hat es sich denn gefügt... recht und schlecht. Die drei Puppen sind in festen Händen. Mehr oder weniger!

Der Reichstag hat übrigens schon gebrannt. Die letzte richtige Wahl mit mehreren Parteien wird zum Triumph für Hitler werden. Hitler wird Reichskanzler. Auch die Juden jubeln ihm zu. Das Ende der Arbeitslosigkeit wird eingeläutet. Wernfried König baut die Autobahn."

1935 - Berlin / Likörstube

Die 'Likörstube' Friedrich-Ecke-Mohrenstraße ist eine Art Bar. Willy sitzt am Klavier - wie früher in Chemnitz - und improvisiert. Den Job als Kellner, mit der Verpflichtung, zur Unterhaltung der Gäste hin und wieder am Klavier zu spielen, verdankt er der Visitenkarte von Wernfried König. Herthas Mäzen, dem die Likörstube als stiller Teilhaber gehört, lässt sich persönlich nur sehr selten in der 'Likörstube' sehen. Als er kürzlich kurz vorbeischaute, bedankte sich Willy bei ihm überaus herzlich für die Vermittlung. Über Hertha verlor er kein Wort. Herr König auch nicht.

Die 'Likörstube' ist ein Nazi-Treff. Arno Schibach, Reichsjugendführer, ist - so wie an diesem Abend - auch ab und zu Gast, wenn er denn in Berlin zu tun hat!

Das Gehabe der Gäste und der Kellner wirkt manchmal ein bisschen schwul, ohne es zu sein. Man macht auf allgemeine Männerfreundschaft und Kameradschaft. Man ist Mitglied in der SS oder SA, so wie andere Leute Mitglied im Kegelverein sind. Auch Willy ist in der SS!

Das Lieblingslied der Stammgäste wird beinahe jeden Abend irgendwann gesungen:

Die Sonne scheint uns ins Gesicht, schnabbeldibatz,
die Sterne grüßen in der Nacht, schnabbeldibatz,
unser Mädchen das ist blond,
vor uns liegt der Horizont.
Komm Kamerad, komm Kamerad, komm -

wir trinken noch ein Likörchen,
den Roten, den haun wir aufs Öhrchen.

Die Erde dreht sich um das Geld, schnabbeldibatz,
doch wir hingegen drehn die Welt, schnabbeldibatz,
unsre Herzen geben Takt,
unsre Stiefel sind gelackt,
Komm Kamerad, komm Kamerad, komm -
wir trinken noch ein Likörchen,
den Roten, den haun wir aufs Öhrchen.

Als Frieda kommt, um Willy abzuholen, ist Willy noch nicht gleich fertig. Neben dem Klavierspielen kellnert er auch und muss noch die Übergabe an seinen Kollegen machen. Frieda ist nicht schüchtern und setzt sich derweil an einen Tisch voller Männer. Direkt neben ihr sitzt Arno Schibach, der seines Zeichens Gruppenführer der SA ist. Sie kommen ins Gespräch.

Als Willy dann mit der Übergabe fertig ist und Frieda auffordert, mit ihm nun mitzukommen, sagt Frieda:

"Jeh ma schon alleene! Ick komme nach."

Willy nimmt es nicht weiter schwer. Arno klitscht Willy kameradschaftlich auf den Hintern: "Komm gut heim!" Nebenbei steckt er Willy einen Geldschein in die Jackentasche.

Nachzutragen wäre an dieser Stelle, dass Willy und Frieda kürzlich auf dem Standesamt waren und geheiratet haben. Das erleichtert ganz einfach einiges nach außen hin im Zusammenleben. Eine rein pragmatische Entscheidung. Das beginnt mit der Vereinfachung des Namensschildes an der Wohnungstür. Da steht jetzt nur noch ein Name - 'Tölpe'.

Ansonsten sind sie doch eher Freunde mit gelegentlichem und eher sparsamem Ehevollzug.

Arno ist auch verheiratet. Nur schon zwei Jahre länger.

Der neue Kellner, Willys Ablösung, wendet sich an Arno: "Darf's noch ein Likörchen sein, Herr Reichsjugendführer. Oder muss man jetzt Herr Staatssekretär sagen?"

Arno lacht: "Zwei bitte! Für mich und die Dame! Aber an den neuen Titel hab ich mich noch gar nicht richtig gewöhnt - Staatssekretär!"

Frieda meint: "Det klingd eschd jewaldisch! Kennsd du den Adolf bersönlisch?"

Arno antwortet voller Stolz und so laut, dass es alle ringsum hören können: "Ich war siebzehn, als wir uns kennenlernten!"

Frieda himmelt ihn an: "Un es war Liebe uff den erstn Blick, wa?"

Arno nickt: "So kann man das sagen!"

Er hebt das Glas in die Runde: "Hoch lebe der Führer!"

Frieda nippt auch an ihrem Likör: "Un deine Familie?"

Arno antwortet leise, so dass es ringsum diesmal niemand hören kann: "Ist versorgt! Kennst du Kochem am See? Schloss Aspenstein...?"

Frieda: "Nö. Kannste mir ja mal zeijen!"

Arno lacht: "Ich werde mich hüten...!"

1936 - Berlin / Villa im Grunewald

Hertha empfängt die Gäste auf der großen Freitreppe oben zwischen den Säulen des Portals. Sie spielt die Hausherrin, obwohl natürlich alle wissen, dass der Staatssekretär des Reichsbauministeriums, Wernfried König, der eigentlich Herr des Hauses ist.

> *Trepp um Treppchen, Stuf um Stufe, Schritt um Schritt,*
> *geht es aufwärts und bald stehn wir im Zenit.*
> *Trepp um Treppchen, Stuf um Stufe, Schritt um Schritt,*
> *wer kein Träumer ist, der macht hier seinen Schnitt.*

Ein Butler, der dem Türsteher vom Rose-Theater nicht nur durch die Livree ähnelt, steht am Fuß der Treppe und nimmt die Einladungen auf einem silbernen Tablett entgegen. Seine Augen, hinter der Brille mit dem schwarzem Gestell und den gelben Gläsern, sieht man nicht. ER hinkt leicht.

Sein früherer Arbeitgeber, das Rose-Theater, ist Pleite gegangen. Es begann mit dem Boykott durch die nationalsozialistischen Sittenwächter, zu denen eine Zeit lang auch Frieda gehörte. Friedas Wechsel von der Bühne, wo sie zuletzt allein,

81

ohne die beiden anderen 'Kiez-Sisters' im Afrika-Kostüm tanzte und ihren Busen schwenkte, zur Wahnwache vor dem Eingang - in SA-Uniform als Mitglied des Bundes Deutscher Frauen und ein Transparent schwenkend -, erfolgte abrupt und ohne Ankündigung. Der Text des Transparentes sollte, wenn es nach Frieda gegangen wäre, lauten: 'Schützt die deutschen Sitten - weg mit nackten Titten!'

Das stieß aber auf den Widerstand der Gruppenführerin, die allein das Wort 'Titten' anstößig fand. So lautete das Transparent, das Frieda vor dem Eingang des 'Rose-Theaters' den wenigen Gästen, die noch kamen, entgegenhielt, schließlich schlicht: 'Schützt die deutschen Sitten!'

Ob es der Bekanntschaft mit Arno Schibach zuzuschreiben ist, dass Frieda sich derartig umpolte; sich aus den Reihen der kommunistischen Jugend verabschiedet und sich in die Gefolgschaft der Nazis einreiht, darf vermutet werden. Jedenfalls findet Frieda bald eine Festanstellung als Bedienung im 'Nante-Eck' an der Kantstraße, wo Arno sein Mittagessen einzunehmen pflegt, wenn er in Berlin weilt und keinen höheren Verpflichtungen nachkommen muss.

Claudia und Hertha sind bereits vorher, bevor der künstlerische und wirtschaftliche Abstieg des 'Rose-Theaters' eingeläutet wird, weder auf der Bühne, noch im Publikum des 'Rose-Theaters' zu finden gewesen. Sie waren damit beschäftigt, ihren gesellschaftlichen Aufstieg zu vollziehen und zu festigen. Claudia an der Seite ihres 'Emil', wie sie Emanuel Sponholz vertraulich nennt. Hertha an der Seite von Wernfried König, der von ihr 'Werni' genannt wird.

Hertha steht also nun huldvoll lächelnd von 19 Uhr bis genau 19 Uhr 15 zwischen den Säulen der Grunewald Villa, die Wernfried König für sie gekauft hat, um die Gäste, die ihrer Einladung zum 'Musikalischen Salon' gefolgt sind, zu empfangen. Hertha trägt wieder das dunkelgrüne Pailletten Fransenkleid, das ihren weiblichen Körper mit der schmalen Taille dezent betont. Ihre kleinen goldenen Ohrringe, in die jeweils ein winziger geschliffener rotblitzender Rubin gefasst ist, verleihen ihrem Gesicht etwas Majestätisches.

Die Gäste, die zu spät kommen, werden der Ehre der persönlichen Begrüßung nicht mehr zuteil.

Drinnen spielt Wernfried König die ihm gebührende Rolle des wahren, aber nicht genannt sein wollenden Gastgebers. Die honorigen Gäste, deren Zahl von Monat zu Monat ständig zunimmt, ergehen sich in der Halle und den Salons der Villa, parlieren, stolzieren, tauschen Höflichkeiten, stehen auf der Terrasse, politisieren, kochen Geschäfte und Geschäftchen an, lachen über den neuesten Adolf-Witz... und lachen auch herzlich, wenn Herr Wernfried König einen Witz reißt, der keiner ist... - all diese Leute sind Kollegen aus dem Verkehrsministerium, Geschäftsfreunde, Künstler, Prominente... und einige sind schon in der NSDAP, aber niemand trägt das Abzeichen. Auch Herr Wernfried König trägt das Abzeichen bei solcherlei privaten Festivitäten noch nicht. Obwohl... - er weiß, dass nach der Autobahn andere Großprojekte warten und schon projektiert sind... er weiß, dass er als Bauunternehmer das Geschäft seines Lebens macht... er weiß, wenn er weiter mitbauen will... - und er will! Wozu ist er Staatssekretär geworden?!

Er wird das Abzeichen jedenfalls rechtzeitig am Revers zu platzieren wissen.

Trepp um Treppchen, Stuf um Stufe, Schritt um Schritt,
morgen stehn wir Deutschen wieder im Zenit.
Trepp um Treppchen, Stuf um Stufe, Schritt um Schritt,
und das ganze Volk marschiert im Gleichschritt mit.

Unter den Gästen von Herthas 'Musikalischem Salon', durch ihr kurzes dunkles Haar und den tief dekolletierten Rücken hervorstechend, bewegt sich Claudia Sponholz sehr selbstbewusst, fast majestätisch, wenn man dieses Attribut nicht exklusiv auf Herthas Auftreten verwenden müsste. Claudia, die jetzt also mit Nachnamen Sponholz heißt, weil sie den Bankier Sponholz, den wenig auffälligen, etwas dicklichen Verehrer aus dem 'Rose-Theater' geheiratet hat, flaniert Arm in Arm mit ihrem 'Emil' durch die Räume. Die beiden sind augenscheinlich sehr wichtige Gäste. Besonders für Wernfried König. Es muss ein neuer Kreditrahmen vereinbart werden. Auch neue Investoren könnten hilfreich sein. Der Sponholz müsste ihm da einige Türen öffnen können, vermutet Wernfried König!
Willy spielt in der Halle am Klavier. Frieda bedient die Gäste. Somit sind unsere drei Puppen wieder komplett unter einem Dach.

Wernfried König redet mit dem Bankier Sponholz: "Nun, sicher... nach Autobahn kommt etwas anderes - Westwall,

Luftschutzbunker, Führerbunker... - wer weiß das schon genau?"

Sponholz dienert nur leicht: "Ich kann ihnen jedenfalls versichern, dass meine Bank, wie auch das Mutterhaus der Rothschilds erfreut wären... also, was soll ich sagen, lieber Herr König... es lebe der Führer!"

Nachdem das Buffet, das nebenan im Speisesaal aufgebaut ist, regen Zuspruch der Gäste gefunden hat, beginnt nun in der Halle die kleine Show. Das Salon-Orchester, das früher im 'Rose-Theater' engagiert war, spielt einen Tusch.

Hertha, die sich rechtzeitig und unbemerkt abgesetzt hat, um sich für ihren Auftritt herzurichten, tritt auf. Sie schreitet mit einem engen, silberglitzernden Kleid und langer Schleppe die Treppe hinab in die Halle. Willy am Klavier übernimmt die Begleitung. Hertha singt ein neues Lied. Wenn das elegante Kleid nicht wäre, gibt sie die perfekte Rinnsteinschwalbe.

Ich geh so gern allein spazieren
durch die Straßen von Berlin.
Das kann mich richtig echauffieren,
ganz besonders wenn die Linden blühn.

Ich hoffe, mein Herrn, das hören sie gern,
und sie fassen ohn Verdruss
gleich den richtigen Entschluss.

Der Duft, der macht mich wie meschugge,
von den Linden in Berlin.

Und wenn ich auf die Dame spucke,
dann fühle ich mich doppelt kühn.

Ich hoffe, meine Herrn, das hören sie gern,
und sie fassen ohn Verdruss
gleich den richtigen Entschluss.

Eine Dame flüstert einem Herrn ins Ohr:
"Unter uns ganz im Vertraun, wie finden sie das Püppchen?"
Der Herr flüstert zurück:
"Sie ist ganz reizend anzuschaun, ein Spielzeug von den hübschen!"

Hertha hat sich nach ihrem Auftritt bei Wernfried untergehakt:
"Unter uns ganz im Vertraun, wie ich all diese Affen hasse!"
Wernfried lächelt:
"Du darfst nicht so genau hinschaun. Erfüll die Pflicht, sei Weib, sei klasse"
Eine Dame fragt ihren Begleiter:
"Unter uns ganz im Vertraun, ist Herr Wernfried schon in der Partei?"
Ein Gast in Uniform, der die Frage zufällig gehört hat, mischt sich ein:
"Herr Wernfried, der will Autobahnen baun, der tritt ganz sicher demnächst bei."

ER steht neben Minna in der Nähe des Buffets: "Unter uns ganz im Vertraun, was soll der Zirkus beinah jede Woche?"

Minna hebt die Hände: "Oja, oje - es ist ein Grauen, wie lange wird sie gehen, die Epoche?"

Ein Herr, der neben einem anderen steht, meint hinter vorgehaltener Hand:
"Unter uns ganz im Vertraun, der Fettsack da soll Jude sein."
Der andere Herr weiß das:
"Bankier und Jude, ganz genau ! Den lädt man, hoff ich, bald schon nicht mehr ein."

Party live, Party in, Party hot,
heut machen wir machen wir ganz einfach einen flott.

1938 - Berlin / Villa im Grunewald / Willy und Hertha

Später Morgen. Ein prächtiges Schlafzimmer. Im Doppelbett liegen eine Frau und ein Mann.

Die Frau ist Hertha, der Mann ist Willy.

Hertha liegt auf dem Rücken und hat ihren Kopf auf Willys Brust gelagert: "Wenn Werni wüsste, det ick mit dem Järtner penne...!"

Willy grient: "Gärtner ist ein solider Beruf."

"Un wie war det mit dem Spruch - den Järtner zum Bock machn?" - fragt Hertha, was natürlich keine Frage ist.

Willy findet eine Erklärung: "Ich bin ja bloß Aushilfsgärtner. Und die sind ganz anders!"

"Ach, un bevor ick det vajesse" - Hertha wechselt das Thema: "...am Freidaach is wieda mein Musiksalon. Sach bidde Frieda Bescheid, det se reschdzeidisch da is!"

"Und ich?"- will Willy wissen.

Hertha setzt sich auf und stippt mit dem Finger an seine Stirn: "Du bisd wieda det Prunkstück am Klavier un an die Bar! Ick gloobe, mein Werni hat an dir een Narren gefressen! Der hat ja von Anfang an druff bestanden, det du det machst. Klavier un die Bar... ehm allet!"

Willy schüttelt den Kopf: "Mein Gott, wenn der wüsste, was hier in seinem Haus läuft!"

Hertha wiegelt ab: "Ach, halb so wild! Erstens, wa - Saarbrücken is weit! Un zweetens - ick gloobe, der is nich doof - der weeß det! Aba der weeß ooch, det ick wat für die Seele brauche. Dem isset bloß wischtisch, det, wenn er nach Berlin kommd, det er da wat hat... im Bette... un so... un wat, wat er ooch vorzeijen kann! Womit er seine Freunde beeinflussn kann, wa, womid er die erfreuen kann!"

Willy scheint nicht überzeugt von Herthas Sicht: "Erfreuen! Naja... Wann kommt er denn?"

"In drei Daache kommta." - antwortet Hertha. "Un zu meim Salon soll ooch eena von det Wehrwirtschaftsmisterium komm. Spieß oda so!"

Willy staunt: "Meinst du etwa Speer?"

Hertha bestätigt: "Jenau! Speer! Ein janz hohet Tier! Wat ick allet einkoofn muss! ... Schick bitte die Frieda her, gleich morjen, det die mir hilft."

"Na, hoffentlich hat die Zeit." - bremst Willy. " Die ist jetzt BDM-Gruppenführerin."

Hertha ist baff: "Wat denne, ick dachte, die is bei die Kommunistn?"

Willy grient wieder: "Seit die sich von dem Arno vögeln lässt..."

Hertha versteht nicht: "Wat denne? Wat denn für een Arno?"

Willy erklärt: "Arno Schibach - Reichsjugendführer und Staatssekretär!"

"Un von sowat lässt sich deine Frieda vöjeln? Glückwunsch! Det nenn ick een Uffstieg!

Aba trotzdem... - spätestens übamorjen musse antanzn. Ach, un Frieda soll det Kostüm midbringen. Det, wat wir zuletzt imma im Rose-Theater haddn. Afrika!"

Willy ist nicht begeistert: "Willst du wieder oben ohne...?"

"Haste wat dajejen?" - Hertha dreht sich demonstrativ zu Willy und hält ihm ihren Busen unter die Nase. "Werni will eene rischdije Schow! Seine Jäste solln wat jeboten kriejen... det will Werni!"

"Und was Werni will..."- setzt Willy fort und winkt ab.

Hertha setzt nach: "Na, ihm jehört die Villa... un er hat det Jeld!"

Dass jeder Taler stets zwei Seiten hat,
das ist nun mal die Eigenschaft des Geldes.
Es macht, wenn du es reichlich hast, zwar satt,
jedoch den Weg zum puren Gutsein, den verstellt es.

An deiner Angel brauchst du einen Fisch,
solch einen großen silbergrauen Knaben,
Genießbarkeit ist nicht so wesentlich,
denn nur am Scheckbuch, nicht am Fleisch, willst du dich laben.

Wir zwei sind endlich obenauf,
ein bisschen Wellengang, den nehmen wir in Kauf.
So kann es ewig weitergehn - das Leben ist schön.

1989 - Ein Café in Chemnitz

Emma Dietz war wieder in Franzensbad und macht auf der Rückfahrt Station in Chemnitz bei ihrer Schwester Ella Tölpe. Emma und Ella, die als Schwestern unterschiedlicher nicht sein können - die eine, Emma, eine Walküre, die andere, Ella, klein und zart -, sitzen im 'Café Freund' bei Kaffee und Torte.

Emma weiß sich in ihrer Freude kaum zu bremsen: "Ach, is det scheen, det wir uns wieda ma beredn könn. Wie jeht es deine Männa?"

Ella ist immer etwas weniger aufgeregt: "Ach, seit wir abgebrannt sind, sitzt der Albert nur noch rum und brütet."

Sie erzählt von dem Brand - und dem vermutlichen Brandstifter, einem Gast, dem sie den Nazigruß verweigert hatte.

"Stell dir vor Emma, kommt der in SA-Uniform in mein Restaurant und brüllt 'Heil Hitler'!"

"Na, und? Det is ehm so, wa?" - sagt Emma.

Ella schüttelt energisch den Kopf: "Nein, und wenn das wirklich überall so sein sollte - nicht in meinem Restaurant!"

"Mein Jott, seid wann bisde denn so kaddegorisch?" - staunt Emma und fragt: "Un wat war denn?"

"Ich habe 'Heil Butt' geantwortet. Das halbe Lokal hat gelacht. Der hat sich umgedreht und ist wieder raus."

Emma lacht: "Heil Butt is jut! Aba ick gloobe, dem bisde uffn Schlips jelatscht."

Ella nickt. "Es lässt sich nichts beweisen. Eine Zigarre in der Sofapolsterung. Aber ich war nicht da an dem Abend und der Aushilfskellner konnte sich nicht erinnern, wer auf dem Sofa gesessen hat. Und die Holztäfelung... das brennt wie Zunder..."

Ella kann nicht weiterreden. Sie wird von einem Weinkrampf geschüttelt.

Der Kellner bringt den bestellten Konak. ER stellt die Gläschen vorsichtig auf die Marmorplatte des Tischchens und wünscht: "Wohl bekomm's!"

Dann erzählt Emma von Hertha, die in der Grunewaldvilla residiert.

"Die Villa hat die Hertha jeschenkt jekriegt. Stell dir det vor - kriegt die von so eim reichn Bauuntanehma eene Villa jeschenkt! Jottseidank keen Jude! Eena aus Saarbrücken. Hat die Autobahn jebaut. Det weeß ick allet von die Minna. Mit die Hertha red ick ja nisch mehr. Aba det Luda fälld doch imma wieder uff die Beene! Eene Villa im Grunewald!"

Emma schlägt, um ihre Verwunderung zu unterstreichen, mit der flachen Hand auf die Marmorplatte.

"Ach, un übrijens - dein Willy machd nebenbei in die Villa den Järdner."

Ella ist mehr als verblüfft: "Gärtner? Der Willy bei Hertha?- ...na, Hauptsache, es geht ihm gut!"

Emma nickt nachdrücklich: "Wenn man der Minna glooben darf, denn jeht et ihm da sauwohl! Jenau wie der Hertha selba! Sauwohl!"

Ella überlegt: "Aber... wie nimmt denn das die Frieda hin... ich meine, wenn der Willy... bei der Hertha...?"

"Ach, halb so wild!" - meint Emma. "Ooch die Frieda kriegt wat ab von dem Kuchn! Wenn in die Villa wat los is... und da jachd ja een Fest det andre... - da is die Frieda dabei. Singen und Tanzen... un Bedienung..."

Ella kann ihre Verwunderung nicht verbergen: "Ob das alles gut geht...? Und überhaupt... also, dass die Frieda meine Schwiegertochter ist... - ich kenn die eigentlich noch gar nicht."

Emma versichert ihrer Schwester: "Patentes Mädel, die Frieda! Boxt sisch durch! Is jetzt bei die... äh... Bund Deutsche Weiba... rennt bloß noch in Uniform rum!"

Ella lehnt sich in ihrem Stuhl weit zurück: "Und Willy ist in der SS. Was sind das für Zeiten?!"

Emma nippt an dem Kognakglas: "Nee, da haste Reschd - wat sin det für Vahältnisse?! Hertha is die Mätresse von eim vaheirateten Mann..."

Ella nimmt auch ihr Gläschen in die Hand und ergänzt: "... und hält sich den Willy als Gigolo!"

Emma setzt hinzu: "Un die Frau von Willy, wat die Frieda is, die drückt die Oochn zu. Aba, wenn ick die Minna rischdisch vastanden habe... denn hat die Frieda ooch een freijiebigen Freia. Een hohet Tier bei die Nazis!"

Ella kippt sich energisch den Konak in den Mund: "Sodom und Gomorrha! Prost!"

Emma tut es ihr mit dem Konak nach: "Prost! Un wenn die Party machn, da war ooch schon der Heesters dabei un die Finkenzella! Un Nazi-Bonzen, die wo man den Namen nisch wissn darf!"

1939 - Berlin / Villa im Grunewald

Minna und Hertha sitzen im Salon in der Polstermöbelecke. Morgens. Die beiden Frauen rauchen und trinken Sekt. Ringsum die Spuren eines fröhlichen Festes.

Hertha schaut sich zum wiederholten Male um: "Mein Jott, sieht det wieda aus hier! Als wie wenn die Vandalen durschjezochen sin!"

Minna ergänzt: "Un ick musset wieda reene machn!"

Hertha winkt ab: "Irjendwat musste ja machn für det Jeld, was de kriegst!"

Um von der Frage, ob ihr Lohn ihren Mühen angemessen ist, abzulenken, fragt Minna: "Sach ma, täusch ick mir oda war jestan ooch der Adolf da?"

Hertha legt Minna die Hand auf den Mund: "Det darf ick dir nisch sachn. Der war ja bloß inkognito da. Nisch rischdisch, wa, wenn de mir vastehsd."

Minna schüttelt voll Bewunderung ihren Kopf: "Nee, du kannsd Männa ham... Un wie warer?"

Hertha lächelt vielsagend: "Ick sachde ja schon - er war inkognito!"

Minna bohrt nochmal nach: "Un wat sachd Willy dazu?"

Hertha zuckt mit den Schultern: "Der spielt doch det Klavier..."

Hertha wird in ihrer Rede durch Frieda unterbrochen, die voll Elan den Salon betritt. Sie hat im Gästezimmer genächtigt. Sie ist ausgeschlafen und zum Weggehen zurechtgemacht. In

SA-Uniform.

Vor der Polstermöbelecke bleibt sie stehen: "So, meine Damen, denn werd ick ma wieda..."

Hertha steht auf und bestaunt Friedas Uniform: "Aba sach ma, wat hast du eijentlisch für eene Uniform uffn Balsch?"

Frieda strafft ihren Oberkörper: "SA. Ick bin schließlich Gruppenführarin BDM-Berlin / Mitte!"

Hertha ist echt verblüfft: "Ick dachte, du bist bei die Kommunisten!"

Frieda winkt ab: "Det war ick. Det is Jahre her. Aba seid isch den Arno kenne..."

"Welcher Arno?" fragt Hertha.

Mit gesenkter Stimme antwortet Frieda: "Aba det dürft ihr niemand weida erzähln - Schibach! Arno Schibach! Un wenn du nischd dajejen hast, Hertchen, dann bring ick den ma mit, wennet passt."

Hertha setzt sich wieder in den Sessel: "Wejen mir. Aba - wat sachd dein Willy dazu?"

Frieda lächelt etwas ironisch: "Mein Willy... Also, der spielt det Klavier... un vögeld mid dir!"

1939 - Berlin / Likörstube

Alle männlichen Gäste in der 'Likörstube' tragen - Ausnahmen bestätigen die Regel! - Nazi-Uniformen. Auch Willy am Klavier. Er spielt das Lieblingslied der Stammgäste der 'Likörstube':

"Kommt, wir trinken ein Likörchen, den Roten hauen wir aufs Öhrchen!"

Das Lied passt zum Tag. Deutschland hat Polen überfallen und militärisch ausgelöscht.
Frieda und Arno sitzen an einem der Tische.
Frieda trägt ihre SA-Uniform. Sie fragt Arno voller Sorge: "Un zu wat bist du eijentlisch in die Wehrmacht einjetretn? Willste wirklisch an die Front?"
Arno spricht mit gesenktem Kopf: "Frieda, ich will Geschichte schreiben. Das verstehst du nicht."

Ein Zeitungsverkäufer kommt in die 'Likörstube'. ER preist mit lauter Stimme die neueste Ausgabe an:
"Adolf Hitler eröffnet den zweiten Weltkrieg mit dem Überfall auf Polen. Seit fünf Uhr fünfundvierzig wird zurückgeschossen!"

In den Kinos des Landes laufen in der 'Wochenschau' Originalaufnahmen aus dem Reichstag und von der Front... und von der Begeisterung in Deutschland...
1939 - Ende September - wird Polen wird aufgeteilt.

Wieder Originalaufnahmen in der 'Wochenschau': Rippentrop und Molotov unterzeichnen den Deutsch-Sowjetischen Grenz- und Freundschaftsvertrag.

An der 'Likörstube' geht Max Koppel mit seiner Braunbiergattin vorbei.

Willy schaut gerade durchs Fenster hinaus. Er fragt Frieda, die bei ihm am Klavier steht.

"Frieda... guck mal... da! - Ist das da... ist das nicht der Max?"

Frieda schaut suchend aus dem Fenster: "Wen meenste denn?"

Arno Schibach, der Willys Blick schneller gefolgt ist, bestätigt: "Genau - Max Koppel - Brauereibesitzer!"

Frieda erkennt ihn nun auch: "Ja, det issa, der Drecksjude! Der vasorschd Balin mid Braunbier! Un gucke, wie der den Judenstern trächt - wa, wie een Ordn!"

Was die drinnen in der 'Likörstube' nicht hören können, ist das Liedchen, dass sich Max Koppel pfeift.

Das Leben ist ein großer tiefer Teich,

willst du ganz oben treiben, musst du schwimmen.
Und dabei ist der Schwimmstil völlig gleich,
die Richtung und die Auftriebskräfte müssen stimmen.
Wir sind nun endlich obenauf,
ein bisschen Wellengang, den nehmen wir in Kauf.

Ein wahrer Spruch vom alten Heraklit:
Der Krieg ist Vater aller Dinge.
Zumindest zeugt der Krieg für uns Profit
und andre halten ihre Köpfe in die Schlinge.
Wir sind nun endlich obenauf,
ein bisschen Wellengang, den nehmen wir in Kauf.

Der Zeitungsverkäufer steht am Tresen. Ein Bierchen in Ehren, kann keiner verwehren! - so heißt seine Devise. ER schaut nun auch hinaus, erkennt Max Koppel und schüttelt verständnislos den Kopf: "Als wenn es die Kristallnacht noch nicht gegeben hätte! Läuft rum, wie ein Gockel!"

Und ER setzt dann ohne direkt jemanden anzusprechen hinzu: "Übrigens - auf der Konferenz von Evian, wo die europäischen Nachbarn von Deutschland zusammentrafen, um über die Gefahr einer Flüchtlingsschwemme von Juden aus Deutschland zu reden, fand sich kein einziges Land, dass sich bereit erklärte, Juden aufzunehmen. Aus Angst vor der Verjudung drohte die Schweiz mit Visumpflicht. Luxemburg hielt seine Grenzen für Juden total geschlossen."

1941 - Berlin / Villa im Grunewald

Morgens. Das prächtige Schlafzimmer in der Grunewaldvilla wird durch einen Streifen Morgensonne, der durch die nur wenig geöffneten Jalousien fällt, geflutet. Im Doppelbett liegen eine Frau und ein Mann.

Die Frau ist Hertha Dietz, der Mann ist Willy Tölpe.

Willy schaut nach oben an die Zimmerdecke: "Du, ich hab einen Brief bekommen."

Hertha nimmt die Mitteilung gelassen: "Een Brief? Un von wem?"

Willy antwortet tonlos: "Einberufungsbefehl... - Deutschland zieht gegen Russland..."

Hertha hebt erschrocken den Kopf aus ihrem Kissen: "Wat denn, du sollst dir abschießn lassn... für den Adolf, den Jernegroß?!"

"Alle Wehrpflichtigen werden jetzt eingezogen." - sagt Willy.

Hertha wundert sich: "Wehrpflichtig? Aba du bist doch nisch pflischdisch... du bisd hier wischdisch...!"

Beide lachen.

Hertha wird schlagartig ernst: "Nee, aba ma ohne Mist - bist du nisch bei die SS?"

Willy nickt: "Das nützt nichts."

Hertha setzt sich gerade im Bett auf: "Un die Frieda... die hat doch den Arno. Kann die nischd machn?"

Willy schüttelt den Kopf: "Ich kann doch die Frieda nicht

bitten, dass die den, mit dem sie mich betrügt... dass der mir einen UK-Schein besorgt!"

"UK ?" - fragt Hertha.

"Unabkömmlich. An der Heimatfront unabkömmlich." - erläutert Willy.

Hertha hakt nach: "Un det der dir betrüschd... ach Jottchen! Un Frieda betrüschd dir mit dem!!! Du Ärmsta! Un wat machst du eijentlisch hier?"

Willy grient: "Nein, aber der Arno... in seiner Funktion... Gauleiter von Wien... der residiert in der Hofburg... der kann sich das unmöglich leisten... für den Mann seiner Gespielin..."

Hertha lacht herzlich: "Jespielin! Ick lach mir een Ast! Jespielin! Un wat bin icke?"

Willy zögert: "Du bist... naja..."

Hertha winkt ab: "Jut. Pass uff - ick rede mit Werni. Der kommt morjen wieda nach Balin."

Vor der Villa fährt ein Auto vor. Hertha springt aus dem Bett und schaut aus dem Fenster. Sie sieht Wernfried König, der aus seinem Auto steigt.

Hertha ist total perplex: "Wat soll dat denn? Is heute etwa schon morjen?"

Willy begreift nicht sofort.

Hertha macht ihm Beine: "Los raus aus die Fedan - Werni is im Anmarsch! Un lass mir den Brief da... vonweejen Wehrpflischt...!"

Willy schnappt sich seine Klamotten und verschwindet über das Nebenzimmert und den Dienstbotenaufgang in sein

Zimmer, dass er als Gärtner, Pianist und Partykellner offiziell bewohnen darf.

Hertha drapiert sich im Bett für Werni. Sie trägt ein sehr dünnes hellgrünes Nachthemd, das nur wenig von ihrer Körperlandschaft verbirgt. Ihre kleinen goldenen Ohrringe, in die jeweils ein winziger geschliffener rotblitzender Rubin gefasst ist, verleihen ihrem Gesicht zusammen mit dem aufgewühltem Haar etwas Lüsternes.

Den Brief versteckt sie unterm Kopfkissen.

Wernfried König kommt ins Schlafzimmer, lässt sich auf das Bett fallen und begrüßt Hertha. Er schiebt seine Hand zwischen ihre Beine.

Hertha säuselt: "Na, Herr Staatssekretär, wie jehts denn?"

Wernfried streichelt Herthas Schenkel: "Es geht."

Hertha schiebt seine Hand nach unten: "Du Lump hast eene andere! Jieb det zu!"

Wernfried versucht mit seiner Hand in die vorherige Position zu kommen: "Eine andere? Ich? Hunderte!"

Hertha gibt sich besiegt: "Oh, du großet böset Mensch! Du Untier ! Aba sag doch mal, Wernfriedlein, du hast doch einen ganz ganz langen Arm?"

Wernfried hebt demonstrativ seinen Arm: "Ich finde ihn eigentlich ganz normal."

"Blödmann!" - sagt Hertha. "Ick meene, Werni, könntest du vielleicht...weißt du, mein Cousin... wat der Willy is...

Wernfried nimmt Abstand von Hertha und tut verwundert: "Cousin? Willy? Soso! Wusste ich noch gar nicht."

"Stell dir nisch blöda, als was de bist!" - Hertha wird ernst und zückt den Brief: "Ja, weeßte, der hat eene Einberufung jekriegt. Det is doch eene pure Jemeinheit! Wer soll denne hier det Klavier un so, wa? Un ooch der Jarten!"

Wernfried nimmt den Brief: "Es ist eine Ehre! Mit der Waffe für Volk und Vaterland !"

Hertha versucht sachlich zu argumentieren: "Werni, könntest du nicht... det der Willy 'UK' bekommt?"

Wernfried nickt bestätigend: "Könnte ich!"

Hertha beugt sich über Wernfried und gibt ihm einen Kuss auf die Stirn: "Werni, du bist ein Schatz!"

Wernfried schaut gedankenverloren in den Ausschnitt von Herthas Nachthemd: "Aber ich will nicht!"

Hertha schmollt: "Wat heeßt denne, du willst nisch!"

Wernfried schiebt Hertha unwirsch weg: "Denkst du, ich bin blind, oder blöd? Cousin! Gärtner! Unabkömmlich - vielleicht bei dir im Bett! Nein, mein schönes Püppchen, ich bin froh, wenn ich meinen Lochschwager los bin."

Hertha gibt Wernfried eine Ohrfeige. Wernfried erhebt sich und schlägt mit der Rückhand zurück. Hertha fällt auf ihr Kopfkissen. Er hebt sie auf und schlägt noch mehrfach zu. Dann wirft er sie auf den Boden.

Wernfried König brüllt nicht, sondern sagt scharf und leise: "Noch ein Wort über diesen... diesen Cousin! Dann sind wir geschiedene Leute. Dann setz ich dich aus, wie einen räudigen Hund! Oder eine läufige Hündin! Ist das klar mein Schatz?"

Er tritt zu Hertha heran, die auf dem Boden liegt, und streicht Hertha liebevoll über den Kopf. Hertha schluchzt nur wenig.

"Entschuldige, Püppchen, aber das musste mal sein...!"

Wernfried geht betont aufrecht zur Tür und klatscht in die Hände. Minna eilt auf das Signal sofort herbei und bringt Mantel und Hut.

Sie meldet ihrem Dienstherrn: "Der Reisekoffer ist wieder aufgefrischt und schon im Auto."

Wernfried zieht den Mantel über.

Hertha ist verwundert: "Du willst gleich wieda los?"

Während er vor dem großen Schlafzimmerspiegel den Sitz des Hutes kontrolliert, sagt er: "Weihnachten gehört der Familie!"

Hertha begreift: "Un icke muss det janze Weihnachtn hier alleene vabring?"

Wernfried König ist mit seinem Äußeren zufrieden und wendet sich nochmal zu Hertha: "Es geht nicht anders, Puppe. Aber ich hab ein kleines Geschenk für dich."

Hertha versucht neckisch zu sein: "Ooch... - bloß een kleenet Jeschenk? Ick bin doch schon groß!"

Wernfried antwortet sachlich kühl, während er das Schlaf-zimmer verlässt: "Ich habe die Villa gekauft. Auf deinen Na-men. Sehr günstig - du verstehst. Was will ein Jude mit solch einer Villa?"

Hertha bleibt die Spucke weg. Und weil sie nicht gleich weiß, was sie sagen soll, fragt sie: "Jude? Wat denn für eena?"

Wernfried dreht sich nochmal in der Tür um: "Na, der Sponholz. Hat die Villa verkauft."

Hertha muss an ihre Freundin Claudia, die mit Sponholz verheiratet ist, denken: "Ick wussde ja jar nisch... die Villa hat dem Sponholz jehört?"

Wernfried erwidert: "Seiner Bank. Und jetzt gehört sie dir! Sie steht im Grundbuch auf deinen Namen."

Hertha springt vom Bett auf und wirft sich Wernfried an die Brust: "Mein Jott, Werni...!"

Wernfried König löst sich aus Herthas Umarmung: "Schönes Fest, Puppe!" - gibt ihr einen Klaps auf den Hintern - "Und dass mir Silvester alles vom Feinsten wird! Aber Weihnachten..."

Oh, du selige, oh, du fröhliche...

    Weihnacht unterm Lichterbaum im Kreise der Familie,
    das ist nunmal so Tradition,
    wie Nudeleintopf, Gänsebrust und Petersilie.

Oh, du selige, oh, du fröhliche...

    Gattin, Tochter, Söhne, Schwiegereltern und drei Tanten,
    das ist nunmal so Tradition.
    Der Gattin schenke ich den Nerz,
    dem Töchterchen Brillanten.

Oh, du selige, oh, du fröhliche...

    Weihnacht bin dem schönen Schein
    ich zutiefst verpflichtet.
    Das ist nunmal so Tradition.
    Doch hätte ich, ganz unter uns,
    sehr gern darauf verzichtet.

1941 - Braunbier-Brauerei Berlin

Die gesamte Familie Koppel - Max, seine schwangere Frau, das dreijährige Kind, Schwiegervater - wird nach Weihnachten, am sogenannten Dritten Feiertag von der Gestapo abgeholt und auf einem LKW abtransportiert. Ein letzter Blick durch den Schlitz der Plane auf die Braunbierbrauerei.

Dann ein Bahnhof.

Ein Güterzug.

Ein Gestapo-Offizier erwartet den LKW.

Max Koppel versteht die Welt nicht mehr. Er drängt sich zu dem Gestapo-Offizier. Es kann doch alles nur ein Missverständnis sein! "...bitte, Herr Offizier es muss ein Irrtum vorliegen. Ich habe schon vor 1933 NSDAP gewählt. Ich bin Brauereibesitzer. Braunbier!"

Der Gestapo-Offizier befiehlt: "Ruhe!"

Max wiederholt mit Nachdruck: "Braunbier!!"

Der Offizier verzieht keine Miene. Er schlägt, ohne genau hinzuschauen, wohin er schlägt, zu. Max geht zu Boden.

Der Gestapo-Offizier wendet sich an einen anderen Offizier, der eine SS-Uniform trägt.

"Übergebe befohlene Zuführung zur Auffüllung des Transportes - drei Erwachsene, ein Kind, ein Embryo."

Bei der letzten Bemerkung grient er und deutet auf den Bauch der Frau.

Alle - auch Max, der mit blutender Lippe am Boden liegt - lachen über den Gag.

Der SS-Offizier tritt Max Koppel mit dem Fuß in die Seite: "Keine Ehre im Leibe, diese Untermenschen!"

Und an den Gestapo-Offizier gewendet, sagt er: "Bestätige Übernahme. Einbuchten in Waggon fünf! Ausführung."

1941 - Warschau / Lazarett

Willy Tölpe liegt in einem Krankenbett. Sein linkes Bein ist bis zur Hüfte eingegipst und hängt an einer Traverse

Das Lazarett ist übervoll. Im Zimmer stehen dicht an dicht noch fünf weitere Betten mit Verwundeten. Der Arzt muss sich bei der Visite regelrecht um die Betten herumquetschen. ER trägt die übliche Ärzteuniform mit weißem Kittel und Haube. Seine Augen, hinter der Brille mit dem schwarzem Gestell und den gelben Gläsern, sieht man nicht. Er hinkt leicht.

ER hat nach Willys Bein geschaut und aufmunternd genickt. Nachdem ER dreimal an den Gips geklopft hat, geht ER grußlos aus dem Zimmer. Dann kommt er noch einmal zurück bis zur Türschwelle: "Am 5. Dezember 1941 hatte die große sowjetische Gegenoffensive vor Moskau begonnen. Der Winter war schon hereingebrochen. 120000 deutsche Soldaten beißen in den Schnee.

Auch Willy, als einer der ersten gleich am 5. Dezember, aber nur vor Schmerz und nicht für immer. Wenn er allerdings keinen guten Kameraden gehabt hätte, der ihn aus der Schusslinie gezerrt hat, und wenn der mit seinen Zigaretten den Sanitätsobergefreiten nicht hätte bewegen können, Willy in den Sankra aufzunehmen... wenn der Sanitätsobergefreite Nichtraucher gewesen wäre... hätte, hätte, wäre... - für Willy ist der Krieg jedenfalls vorbei. Das Kniegelenk ist zerschmettert. Hier in Warschau im Lazarett flickt man ihn wieder zusammen. Es ist keine direkt lebensgefährliche Verwundung, wenn sich keine Komplikationen einstellen."

ER nickt nochmal in das Zimmer hinein und beendet die Visite endgültig.

Eine Schwester kommt und bringt ein kleines, geschmücktes Weihnachtsbäumchen. Willys Bettnachbar wirft ein Grammophon an. Es ertönt das "Schmetterlings-Lied".

Die Patienten im Zimmer singen das Lied mit. Willy sitzt im Bett und macht Übungen mit dem Fuß, der aus dem Gips hervorlugt.

Die Schwester stellt das Weihnachtsbäumchen auf die Fensterbank neben Willys Bett. Sie sagt zu Willy: "Na, sehen sie, es wird doch schon. Ihre Heilung macht Riesenfortschritte. Wer weiß, welcher Engel für sie gebetet hat."

Willy nickt wissend: "Ein blonder Engel hat für mich gebetet! Blond wie sie, Schwester."

Willy versucht die Schwester an sich zu ziehen und zu küssen. Sie wehrt sich nicht allzu energisch: "Nananana! Schön brav bleiben! Sonst schick ich den Onkel Doktor mit der großen Spritze herein!"

Der bayrische Patient im Nachbarbett mischt sich ein: "Hast eben ka Glück mehr bei den Weibern, so als Krüppel."

Willy droht ihm mit der Faust. Ein kleiner Schnitt an seiner Lippe, den er sich beim Rasieren zugefügt hat, beginnt wieder zu bluten. Willy betupft seine Lippe mit einem Taschentuch.

Der bayrische Mitpatient übt auf der Mundharmonika. Er versucht, das 'Schmetterlings-Lied' zu intonieren.

"Wenn i dran denkn tu - i lieg hia, ausgeruht und fett, strotzend vor Kraft - un moa Weib muss alleine Silvester feiern..."

Willy schaut an die Zimmerdecke: "Ich darf auch nicht dran denken."

Der bayrische Mitpatient will es genau wissen: " Denkst an dei Weib, oder an die andre?"

Willy zögert mit der Antwort. Dann lügt er vorsichtshalber, um seinen guten Ruf nicht zu beschädigen: "An beide. Wobei in der speziellen Hinsicht... da mehr an die eine, als an die andre!"

Der bayrische Mitpatient lacht: "Dös muss ja a tolles Weib sein. Die andre!"

Willy angelt ein Foto aus seinem Nachttischschränkchen. "Xaver... hier, ich sage dir...!"

Das Foto zeigt die drei Puppen im Afrikalook bei einem Auftritt im 'Rose-Theater'.

Der bayrischer Mitpatient staunt und fragt: "Welche zwei von die drei"

Ja, man kann sagen, was man will,
letztendlich hab ich Schwein gehabt.
Ich hör's noch pfeifen, kalt und schrill -
als ob ein Dolch den Knochen schabt.
Da schlug es mir die Beine weg,
ich wusste nicht, wie mir geschah -
da lag ich lang im tiefsten Dreck
und spürte nichts. Erst als ich sah -

das Hosenbein zerfetzt, und Blut...
Ich ahnte meinen Schmerz und schrie.
Verdammte Bolschewisten Brut,
zerschießt mir einfach so mein Knie!
Doch man kann sagen, was man will,
letztendlich hatte ich viel Schwein.
Die ganze Front war ein Gebrüll,
der Iwan schoss sich fleißig ein.
Und Moskau war schon nicht mehr weit,
doch plötzlich war die Hölle los.
Geschosse dicht, als ob es schneit -
es war der erste Gegenstoß.
Ja, man kann sagen, was man will,
zum Leben braucht man eben Glück.
Na, spätestens so März April
kehr ich als Held nach Haus zurück.

1941 - Berlin / Villa im Grunewald / Silvester

Die Uhr zeigt kurz nach abends um acht.

ER steht am Fuß der Freitreppe, die hinauf zu den Säulen des Portals führt, und haut zweimal einen Gong! Heute ist ER wieder der Butler, während ER offiziell als Chauffeur von Wernfried König angestellt und entlohnt wird. Seine Augen, hinter der Brille mit dem schwarzem Gestell und den gelben Gläsern, sieht man nicht. ER hinkt leicht.

Wernfried König und Hertha Dietz, die frischgebackene Besitzerin der Villa, empfangen in Pelzen auf der Treppe zwischen den Säulen des Portals die Gäste zur Silvesterparty. Sie schwenken Wunderkerzen und werfen den ankommenden Gästen Knallerbsen vor die Füße. Die Gäste, die zur Silvesterparty ankommen, werfen mit Papierschlangen und Konfetti. Der Butler kommentiert leise vor sich hin: "Ah, Johannes Heesters darf nicht fehlen. Und da haben wir Heli Finkenzeller... mit Begleitung... - sie werden später am Abend auch singen, die beiden 'Ufa'-Stars.

Natürlich - Arno Schibach kommt in zivil und allein. Dass er mit Frieda vögelt, soll doch etwas unter der Decke bleiben."

Drinnen in der Halle tritt Frieda mit einem Tablett voller Gläser auf Arno zu.

Frieda begrüßt Arno mit den Worten: "Na, det is ja eene Übaraschung!"

Sie fällt ihm um den Hals. Arno schiebt sie auf Distanz. Frieda entschuldigt sich: "Pardon! Ach, hab ick dir eijendlisch jesachd, det ick sozusagen dienstlich hier bin? Ick bediene, ick singe, ick strippe! Haste wat dajejen?"

Arno lacht: "Im Gegenteil, Puppe!" Er klitscht ihr auf den Hintern.

Frieda flüstert: "Un wat machst du hier? Ick denke du machst uff Kaisa von Wien?"

Arno legt den Finger auf die Lippen: "Streng geheim, Puppe! Aber wenn der Führer ruft..."

Die Party in der Villa nimmt den gewohnten Verlauf. Man steht herum und redet; Musik vom Klavier, an dem jetzt, seit Willy an der Front ist, einer vom Salonorchester sitzt; Kerzen werden in den Leuchtern an der Rampe entzündet - es sind natürlich jetzt andere Leuchter, arische Leuchter - und Fackeln.

Frieda, Minna und andere Servier-Mädchen verteilen Sektgläser, die sie auf silbernen Tabletts balancieren. Die Gäste wirken entspannt.

Wie schön, dass wir uns heut hier wiedersehn,
es wird bestimmt ganz nett, so wie beim letzten Mal,
Hier ist man unter seinesgleichen,
darf ich den Arm - ergebenst - ihnen reichen?

Party live, Party in, Party hot,
heut machen wir machen wir ganz einfach einen flott.

Wernfried König geht die Treppe, die vom Salon zur Empore im ersten Stockwerk führt, ein Stück nach oben und wendet sich dann seinen Gästen zu.

Der Butler schlägt den Gong.

Wernfried König hebt, um Aufmerksamkeit bittend, die Hände: "Liebe Freunde, meine Damen und Herren, Volksgenossen - das alte Jahr 1941 liegt in den letzten Zügen. Es war ein Jahr triumphaler Erfolge für das deutsche Volk - für seine Tüchtigkeit und seine Wehrkraft. Der internationale Bolschewismus und das Judentum mussten entscheidende Niederlagen hinnehmen.

Lassen sie uns in den letzten Stunden dieses glorreichen Jahres also entsprechend feiern. Erheben sie mit mir das Glas auf das Wohl unseres Volkes und vor allem auf das Wohl unseres Führers - Adolf Hitler! Heil!"

Alle Gäste rufen aus vollem Herzen: "Heil! Heil! Heil!"

Wernfried trinkt sein Glas mit einem Schluck leer und gibt ein Zeichen für das Orchester: "Und nun Musik!"

Das Orchester spielt einen Walzer. Wernfried tanzt mit Hertha. Arno mit Frieda.

> *Bitte sehr, meine Damen,*
> *sehr zum Wohle, meine Herrn !*
> *Dieser Sekt passt in den Rahmen -*
> *deutsche Seele ist modern.*

Das ist Freyburger Sekt,
man weiß wie der schmeckt,
man muss ihn nur einmal probieren.
Trinkt man Freyburger Sekt,
wurde kürzlich entdeckt,

kann man jede Hemmung verlieren.

Es steht schon in den Reklamen,
ich versichre auch intern,
dieser Sekt macht selbst die Lahmen
wieder stark bis in den Kern.

> *Das ist Freyburger Sekt,*
> *man weiß wie der schmeckt,*
> *man muss ihn nur einmal probieren.*
> *Trinkt man Freyburger Sekt,*
> *wurde kürzlich entdeckt,*
> *kann man jede Hemmung verlieren*

1941 - Berlin /Sponholz-Villa / Silvester

Die Uhr zeigt kurz nach abends um acht.

Der Bankier Sponholz tritt aus dem Eingang seiner Villa in Köpenick, die nicht ganz so protzig wirkt, wie die Grunewaldvilla, die er kürzlich verkaufen musste. Man könnte denken, er kommt heraus, um ebenfalls Gäste für eine Silvesterfeier zu empfangen, aber dann sieht man, dass er von Gestapo-Leuten festgehalten und abgeführt wird.

Ein Standartenführer empfängt den Trupp, der Sponholz eskortiert, am Pritschen-LKW. Auch aus zwei der Nachbarhäuser werden Leute zu dem LKW gezerrt.

Versteckt hinter einer Hecke schaut Claudia Sponholz dem Geschehen zu.

Der Standartenführer geht Sponholz entgegen und spießt ihm seinen Zeigefinger in den Bauch und sagt lachend: "Na, was bringt ihr denn da für einen Fettsack?"

Der Gestapo-Mann meldet: "Standartenführer, melde gehorsamst, Zuführung Bankier Emanuel Sponholz."

Der Standartenführer wiederholt die Bewegung seines Zeigefingers gegen den Bauch des Bankiers: "Oha, Bankier? Und gut genährt!"

Sponholz lächelt: "Emanuel Sponholz, Deutsche Investbank. Ich habe beste Beziehungen zum Verkehrsministerium. Und wir könnten auch über Geld reden..." - er lächelt vieldeutig und zwinkert mit den Augen.

Der Standartenführer spießt seinen Zeigefinger noch tiefer in das Bauchfett des Bankiers: "Wir sind nicht bestechlich, merk dir das, du Judensau! Merks dir, solange du noch merken kannst!"

Sponholz gibt noch nicht auf: "Bitte, Herr Standartenführer, der Führer hat mir persönlich ein Dankesschreiben gesandt - wegen der günstigen Darlehen in den ersten Jahren..."

Der Standartenführer wendet sich ab: "Bringt das verleumderische Wucherschwein in Waggon vier."

Sponholz wirft sich auf die Knie: "Aber, Herr Offizier..."

Der Standartenführer schlägt mit der Pistole zu. Sponholz verliert mehrere Zähne. Wachsoldaten schleifen Sponholz weg.

Der Standartenführer spuckt angeekelt aus: "Untermenschen! Und wo ist die Frau von dem Wucherschwein?"

Einer der Gestapo-Leute antwortet: "Geflohen. Ist gewarnt worden."

Der Standartenführer ist wie elektrisiert: "Gewarnt? Von wem?"

Der Gestapo-Mann berichtet, was sie ermittelt haben: "Die Frau war gerade bei ihrem Schneider in der Bleigasse. Der deutsche Butler von dem Sponholz - der hier!" - er zeigt auf den alten Herrn in Dienstbotenkleidung, den zwei andere Gestapo-Leute gerade leblos zu einem LKW schleppen - "... der hat dort bei dem Schneider angerufen und hat der Frau so zur Flucht verholfen."

Der Standartenführer schüttelt missbilligend den Kopf: "Ein deutscher Mann hat die Judensau gewarnt?"

Der Gestapo-Mann hält entgegen: "Wurde sofort erschossen. Hatte den Hörer noch in der Hand."

"Und der Schneider?" - will der Standartenführer noch wissen.

"Auch erschossen!" - antwortet der Gestapo-Mann mit einem gewissen Stolz in der Stimme.

"Gut. Weitermachen!"- sagt der Standartenführer.

Der Gestapo-Mann knallt die Hacken zusammen und geht zu den LKWs.

1941 - Berlin / Villa im Grunewald / Silvester

Die Uhr zeigt kurz nach abends um neun.

Der Empfang der Gäste in der Villa ist längst beendet. Wernfried hat seine Rede gehalten. Man redet, man trinkt, man isst, man tanzt...

Claudia Sponholz eilt über den Kiesweg, der von Schnee geräumt ist, der Villa entgegen, die Freitreppen hinauf und lehnt sich oben an eine der Säulen. Sie umklammert die Säule, wie einen rettenden Engel. Sie sieht durch die Scheiben der Türen und Fenster das Partytreiben. Sie verharrt, macht kehrt und schleicht sich hintenherum zum Personaleingang der Villa. Sie findet den Weg zum Küchentrakt, wo auch die Getränke lagern. Minna, das langjährige Dienstmädchen von Hertha, füllt Gläser mit Sekt nach. Claudia Sponholz steht im Schatten neben einem Regal.

Minna entdeckt Claudia und presst ihre Hände gegen die Brust: "Herrje, wat hab ick mir verschrocken! Frau Sponholz, wat machen sie denn hier im Kella? Hamse sisch valoofn?"

Claudia Sponholz legt den Finger an die Lippen: "Psst, bitte leise, Minna! Ach, Minna, liebste Minna - sie müssen mir helfen."

Minna versteht nicht: "Ja, wat is denn nur? Wat kann ick Sie helfn?"

Claudia greift nach Minnas Händen und drückt sie beschwörend: "Bitte rufen sie Hertha her. Bitte!"

Minna ist ratlos: "Aber sie könn doch eenfach hochjehn, da isse doch."

Claudia schüttelt heftig ihren Kopf: "Minna, ich bin nicht zur Party gekommen. Ich habe keine Einladung. Schon lange nicht mehr!"

Minna begreift langsam: "Stimmt, sie fehln seit jeraume Zeiten schon. Sie jehörn nisch mehr dazu..., wa?"

Claudia nickt: "Weil wir Juden sind!"

"Klar, det habe ick janz vajessn. Wobei - ooch wo sie dazuje-hörd haben, warn sie doch schon Juden?"

Claudia zuckt mit den Schultern: "Ja, aber jetzt... bitte, Minna - gehn sie und..."

Minna schlägt die Hände zusammen: "Herrje, jnädije Frau - sinn sie etwa...sinn sie womöchlisch... müssn sie sich vasteckn?"

Claudia kommen die Tränen: "Minna, bitte - holen sie Hertha her."

Während Minna Claudia tröstend in den Arm nimmt, erklärt sie: "Det jeht jetzt nich. Nich gleich. Aba sobald eene Lücke im Programm is, denn hol ick se her."

Mit leiser Stimme sagt Claudia: "Ich danke ihnen."

Minna ist verwundert: "Seit wann sachn sie eijentlich SIE zu mir?"

Claudia stutzt und weiß keine rechte Antwort: "Äh... Minna..."

Minna winkt ab: "Is jut. Ick mach schon."

Claudia verharrt versteinert im Regalschatten. Eine Weile vergeht. Vor ihrem geistigen Auge taucht wieder die Szene auf, die sie aus der Ferne beobachtet hat, als ihrem Mann von dem Standartenführer die Zähne ausgeschlagen werden.

Es vergehen für Claudia Sponholz endlose Minuten, bis Minna endlich Hertha heran gelotst hat.

Hertha umarmt Claudia: "Claudia, mein Jott, wat machst du denn bloß für Sachn?"

"Ich kann nicht mehr nach Hause - nie mehr!" - stößt Claudia hervor.

Hertha fragt: "Jestapo?"

Claudia nickt: "Dem Emanuel haben sie die Zähne einge-schlagen. Er wird abtransportiert..."

Hertha drückt Claudia an sich: "Vadammte Scheiße."

Zu Minna sagt Hertha nach kurzer Überlegung: "Bringse erstmal in deim Zimma unta. Ick muss mir wat einfalln lassn. Der Wernfried darf nischt merkn. Ick muss wieda hoch, zu die Meute."

Hertha streichelt Claudia nochmal über den Rücken. Minna geht mit Claudia die schmale Dienstbotentreppe hinauf, wo die Zimmer für das Personal sind. Hertha geht in die andere Richtung nach oben zum Salon.

1941 - Berlin Friedrichshagen / Judentransport / Silvester

Die Uhr zeigt kurz nach abends um neun.

Der Güterzug mit einigen hundert Juden steht seit fast zwei Tagen in einem Vorort von Berlin bei Friedrichshagen. Die Gestapoleute haben die Nase voll. Die strenge Kälte - schon einige Tode... hygienische Zustände katastrophal... ein SS-Offizier gibt einen Befehl zur Säuberung der Wagons!

Einige Gefangene schleppen aus dem nahegelegenen See Wasser in Eimern zu den Wagons, wo sich die anderen gefangenen Juden - Frauen, Kinder, Männer, Alte... - versuchen, gegenseitig warm zu halten.

Wenn einer der Wasserträger mit einem vollen Eimer an einem der Wagons ankommt, müssen alle Gefangenen auf eine Seite treten. Dann wird der Eimer in den Wagon gekippt und mit einem Strohbesen wird Dreck vermischt mit Stroh und Unrat aus der Tür gefegt. Ein Teil des Wassers gefriert dabei.

Ein Wachmann sagt zu seinem Kollegen: "Blödsinn. Bei der Kälte kriegen die in den Wagons eine Eisbahn."

Der andere Wachmann lacht: "Könnse bisken schlittan!"

Unter den Gefangenen in einem der Wagons erkennt man die Familie Koppel.

Unter den Wasserträgern erkennt man Max Koppel.

Max reicht seine beiden vollen Eimer in den Wagon, die Eimer werden ausgekippt, jemand nimmt den Strohbesen, die leeren Eimer gehen zurück an Max, der wieder - wie die anderen Wasserträger - den Pfad zum See geht, um die Eimer erneut zu füllen. Das Eis auf dem See ist am Rand an einigen Stellen nicht sehr stark zugefroren und teilweise zusätzlich aufgebrochen.

Max lässt den teuren Mantel mit Pelzkragen von den Schultern gleiten, kniet sich hin, als wolle er wieder Wasser schöpfen, lässt die Eimer und den Mantel im Wasser verschwinden und gleitet letztlich selber in das Wasserloch hinein und verschwindet unter dem Eis. Als sich ein Wachposten nähert, sieht die Stelle so aus, als wäre da keiner gewesen.

Der Wachposten schaut irritiert über die Eisfläche des Sees. Dann dreht er ab.

Max findet außerhalb des Bereiches der Wasserschöpfer eine Stelle am Ufer, wo das Eis dünn genug ist, damit er auftauchen kann. Ein ungeheurer Zufall! - dessen ist sich Max Koppel bewusst.

1941 - Warschau / Lazarett / Silvester

Die Uhr zeigt kurz nach abends um elf.

Einer der Patienten im Krankenzimmer, der bayrische Patient, spielt auf der Mundharmonika 'La paloma'. Willy mit Gipsbein tanzt mit der blonden Schwester. Alle klatschen den Takt mit. Willy wirbelt die Schwester umher. Fast Akrobatik !

Dann zeigt Willy einen Handstand, was sein kultureller Beitrag für das Lazarett Silvester sein soll. Klavier ist nicht vorhanden. Willy scheint mit seinem Handstand sehr zufrieden.

Die Beine der Schlafanzughose rutschen wie geplant herunter. Ein Teil des Gipsverbandes liegt frei. Mit blauer Wäschetinte steht auf dem Gips geschrieben: Sieg Heil!

Der Gag kommt an, und wer von den Verwundeten kann, erhebt den Arm zum deutschen Gruß. Alle brüllen den Spruch auf Willys Gips: "Sieg Heil!"

Dann fällt Willy entkräftet ins Bett.

Die kleine Schnittwunde an der Lippe, die er sich beim Rasieren zugezogen hat, blutet durch die Anstrengung zwar wieder stärker, aber der Handstand war eins A! Das Blut dämmt Willy mit einen Stück Zeitungspapier ein, dass er sich auf die Lippe klebt.

1941 - Berlin / Villa im Grunewald / Silvester

Die Uhr zeigt kurz nach Mitternacht. Die Gäste sind ausgelassen. Kaum einer ist nicht erheblich angetrunken.

> *Die letzten Stunden im alten Jahr*
> *sind nicht für Trübsal gedacht,*
> *die letzten Stunden im alten Jahr*
> *da wird Remmidemmi gemacht.*

Hebt die Gläser, lasst sie klingen,
lasst uns Tanzen, lasst uns singen -
auch das gehört zum deutschen Wesen,
daran wird die Welt genesen.

> *Die letzten Stunden im alten Jahr*
> *da braucht man ein Mädel im Arm.*
> *Die letzten Stunden im alten Jahr,*
> *da machen wir höllisch Alarm.*

Hebt die Gläser, lasst sie klingen,
lasst uns Tanzen, lasst uns singen -
auch das gehört zum deutschen Wesen,
daran wird die Welt genesen.

Jubel und Feuerwerk. Sektgläser klirren. Das Salonorchester spielt einen furiosen 'Cancan'.

Max schleppt sich durch Schnee und Kälte die letzten paar hundert Meter der Villa entgegen. Auch in den meisten anderen Villen der Gegend wird gefeiert.

Quer durch halb Berlin musste sich Max Koppel in seiner nassen Kleidung schlagen und schleppen. Die Anstrengung trieb ihm stellenweise den Schweiß trotz der Kälte auf die Stirn. Wenn er einige Stationen mit der S-Bahn fährt, spürt er wie ihm die Kälte bis ins Mark dringt. Stunden nach seiner Flucht, ohne von einem Kontrolleur der S-Bahn oder einer Polizeistreife, deren Dienstpläne an diesem Silvesterabend, an dem sich ganz Deutschland in Feierlaune befindet, stark ausgedünnt sind, aufgehalten worden zu sein, erreicht er Herthas Villa im Grunewald. Hertha, seine Ex-Ehefrau war ihm als einzige eingefallen, die ihm vielleicht würde helfen können.

Vor der Villa stehen die PKWs der honorigen Gäste herum. Die Fahrer warten bereits auf ihre jeweiligen Herrschaften. Die Party löst sich auf. Wernfried König verabschiedet die Gäste im Salon. Er liegt auf einem Sofa und winkt huldvoll.
Die Gäste nehmen es Wernfried nicht krumm. Alle sind locker, zumindest gut angeheitert, und auch sonst bester Dinge.

Max Koppel - halbtot und vereist - taumelt der Freitreppe der Villa entgegen und wird von den teilweise nicht weniger taumelnden Gästen, die zu ihren PKWs streben, nicht weiter beachtet. Ein Besoffener, der sich im Schnee gewälzt hat!

Dann liegt Max ohnmächtig, aber zumindest völlig entkräftet auf den Stufen der Freitreppe.

Ein Paar, das die Party verlassen will, ruft nach Hertha. Minna kommt.

Minna erschrickt sich. Sie kennt Max Koppel nicht. Eilig holt sie Hertha herbei.

Hertha betrachtet den Mann, der da auf der Treppe liegt und sich müht, den Kopf zu heben.

Schließlich erkennt ihn Hertha: "Mein Ex! Der hat jrade noch jefehlt!"

Sie begreift sofort, dass am besten niemand sieht, wer da liegt. Am wenigsten sollte Wernfried König davon Wind bekommen!

An Minna gewandt sagt sie: "Hol mal die Frieda! Unser dritt müssten wir den schaffn!"

Minna holt die Frieda und zu dritt schleppen sie Max, der einigermaßen mithilft, seine knapp zwei Zentner Gewicht zu bewegen, nach hinten zum Dienstboteneingang.

Dann stecken ihn die drei Frauen in der Personaltoilette in die Badewanne. Die Unterwäsche lassen sie ihm an.

Hertha schärft Minna ein: "Pass uff det hier keena rinjeht. Am Bestn machste een Schild an die Tür. Keen Wassa! Klo is vastoppt oda so!"

Minna meint, dass die Gefahr eigentlich gering ist, weil die Gäste erstens das Haus schon überwiegend verlassen haben, und vorne ja die "juten Klos" sind, eilt aber davon, um der Anordnung Herthas Folge zu leisten.

Hertha muss wieder in den Salon, um die letzten der Gäste zu verabschieden. Aber ob es der Sekt ist, den sie intus hat, oder ist es der Anblick von Max in der Wanne... - plötzlich muss sie unbändig lachen. Sie hält sich an Friedas Arm fest und lacht und lacht - und es sprudelt aus ihr hervor: "Zwee Judn uff een Schlag! Wenn det nischt is! Dabei reicht doch schon eena für Zuchthaus oda den Strick!"

Frieda steht etwas verwundert daneben und versucht sich von Herthas Ausbruch nicht anstecken zu lassen. Sie fragt: "Wieso denn zwee Judn? Wen haste denn noch in die Hintahand?"
"Die Claudia!" - und Hertha will sich schier ausschütten vor Lachen.
Frieda kann es nicht glauben: "Wat denne? Meenst du unsre Claudia? Die wo jetzt Frau Bankjeh Sponholz is?"
Hertha wird schlagartig ernst und fasst nun Frieda an den Schultern: "Ick muss jetzt zu Wernfried. Kann sein der pennt noch nisch un will vöjeln."
Frieda lächelt: "Wünsche viel Spaß! Ick suche mir in die Halle mit Arno eene Ecke zum Kuscheln, wa."
Hertha ist erstaunt: "Wat denn, will der die janze Nacht hier bleiben?"
Frieda schüttelt den Kopf: "Nee, irjendwann wird er abjeholt. Sein Chauffeur hatte eene Panne. Aba ick bleibe bis früh."
"Die Jästezimma sin aba belegt!" - gibt Herta zu bedenken.
Frieda winkt ab: "Ick weeß. Ick niste mir im Salon ein."
"Na, denn... jute Nacht!" - wünscht Hertha, küsst Frieda auf die Wange und blickt ihr tief in die Augen: "Un det der Max

Koppel hier is, wa... un ooch die Claudia... det is streng jeheim! Det darf ooch dein Arno nisch wissn! Schwörste det?"

Frieda nickt und verlässt eilig das Badezimmer.

Hertha schaut nochmal zu Max, der in der Badewanne wieder ins Leben zurückgefunden hat: " Max ick komme so schnell ick kann wieda her. Bleib solange in die Wanne!"

Max lächelt ihr zu: "Danke, Puppe!"

Arno und Frieda hängen auf dem Sofa im Salon und schlafen. Vielleicht auch noch zwei drei andere Gäste, die das Ende der Party verpasst haben.

Arno wird wach. Er versucht sich zu orientieren. Geht dann zum Telefon, das auf einem Tisch neben der Tür zum Foyer steht, und wählt eine Nummer: "Ja, hier Schibach! Bitte schicken sie mir meinen Chauffeur... ja, dann wecken sie ihn! Die Panne hat sich erledigt! Sofort - Krumme Lanke 18!"

Arno hatte die Panne seines Dienstwagens in der Hoffnung vorgeschoben, mit Frieda noch ein Stündchen in einem der beiden Gästezimmer verbringen zu können, bevor er die Heimfahrt zu seiner Familie nach Wien antreten muss. Aber die Gästezimmer waren von Freunden Wernfrieds vorab reserviert worden und somit belegt, hatte ihm Hertha erklärt. Dass in Wahrheit in dem einen der Gästezimmer Claudia Sponholz untergebracht ist, und das andere für Max Koppel gebraucht wurde, sobald man den aus dem Badezimmer herausholen konnte, verschwieg ihm Hertha selbstverständlich.

Arno Schibach ist jedenfalls etwas verärgert und muss zur

Toilette. Er gerät versehentlich in den hinteren Bereich zur Personaltoilette. Das Schild an der Tür "Keen Wassa!" übersieht er. In der Badewanne, aus der das Wasser mittlerweile abgelassen ist, liegt Max Koppel in Decken gewickelt, mit Sofakissen unterm Kopf und schläft. Arno geht zum Klobecken und pinkelt. Max öffnet die Augen. Es fällt kein Wort.

Die beiden kennen sich offensichtlich nicht.

Dann aber, als Arno geht, sagt Max: "Gesundes neues Jahr, Herr Schibach!"

Arno antwortet: "Auch Ihnen alles Gute, Herr Koppel!"

Ohne Frieda zu wecken, die auf dem Sofa im Salon nach wie vor tief und fest schläft, verlässt Arno die Villa. Draußen wartet sein großer Pkw mit dem Chauffeur, der, während ER die Tür aufhält, ausführlich gähnt.

Arno herrscht ihn an: "Maul zu!"

Erschrocken hält sich der Chauffeur die Hand vor den Mund. ER ist ist ansonsten ein Mann mit guten Manieren, aber zu dieser mitternachtsschlafenden Zeit hat ER sich ausnahmsweise etwas gehen lassen: "Pardon, Herr Schibach!" - bittet ER mit einem leichten Grienen: "Aber die Behebung der Panne war überaus anstrengend!"

Arno hat aber keinen Sinn mehr für Späße. Kurz angebunden befiehlt er: "Nochmal schnell zum Hotel! Dann geht es sofort weiter. Morgen spätestens zu Mittag muss ich in Wien sein!"

Arno lehnt sich auf der Rückbank zurück und schließt die Augen.

Der Chauffeur stöhnt leicht bei der Aussicht auf die lange

Fahrt und flüstert vor sich hin: "Den Westfeldzug hatte Schibach erfolgreich angeführt und wird nun bis zum Kriegsende die Deportation der Juden aus Wien erfolgreich leiten. Das sei sein Beitrag zur Rettung der europäischen Kultur, sagte er kürzlich."

1942 - Warschau / Lazarett

Willy Tölpe ist im Lazarett gestorben. Durch die kleine Schnittwunde, die er sich beim Rasieren zufügte, hatte er sich infiziert. Er wird auf einer Bahre aus dem Krankenzimmer abtransportiert.

Der bayrische Mitpatient beobachtet den Abtransport und schüttelt seinen Kopf: "So an Schmarrn... im Krieg sterben an Blutvergiftung!"

1942 - Berlin / Villa im Grunewald

Frieda geht die Freitreppe hinauf zum Vordereingang zwischen den Säulen des Portals. Sie hat einen Brief in den Händen. Oben wartet schon Hertha - noch im Morgenrock.

Hertha ruft Frieda entgegen: "Na, sowat! Wat führt dich denn so zeidisch in meine bescheidene Hütte. Ick bin ja noch nischmal jekämmt!"

Frieda steigt die letzte Stufen hinauf und umarmt Hertha: "Ick hab een Brief jegriegt. Betrifft den Willy. Feldpost aus Warschau."

Hertha sieht den Brief an, den ihr Frieda hinhält: "Aha?"

Frieda erklärt: "Na, ick habe den Brief jegriegt, weil ick die Ehefrau bin."

Sie streckt ihren Arm mit dem Brief Hertha noch ein bisschen mehr entgegen.

Hertha greift noch nicht zu: "Betrifft det den Willy...?"

Frieda nickt nur leicht mit dem Kopf.

Hertha sinkt an einer der Säulen zu Boden.

Frieda versucht ihr wieder aufzuhelfen: "Ach, Hertchen - wat sollte ick machn... war ja doch eh mehr deina, nisch meina... der Willy..."

Ein Passant geht vor dem geöffneten Gittertor des Grundstückes vorüber. Als sein Blick auf die beiden Frauen mit dem Brief fällt, den ER auf die Entfernung eigentlich unmöglich entziffern kann, verharrt ER kurz: "Jaja, die Briefe werden immer häufiger. Der Text ist immer ähnlich - ...gefallen auf dem Feld der Ehre im Kampf um die Freiheit Großdeutschlands in soldatischer Pflichterfüllung, getreu seinem Fahneneid für Führer, Volk und Vaterland.

Die Gewissheit, dass Ihr Gatte für die Größe und Zukunft unseres ewigen Deutschen Volkes sein Leben hingab, möge Ihnen in dem schweren Leid, das Sie betroffen hat, Kraft geben und Ihnen ein Trost sein. In aufrichtigem Mitgefühl grüße ich Sie mit Heil Hitler!"

Frieda führt Hertha behutsam in das Foyer der Villa. Sie legt sie auf ein Sofa. Minna, die herbeigeeilt ist, hilft dabei.

Minna bringt ein Glas Wasser.

Frieda erkundigt sich bei Minna nach Wernfried König: "Is denn der Herr des Hauses anwesend?"

Minna antwortet: "Nee, der is in Saarbrücken bei seina Familije."

Frieda nickt: "Det is jut. Un - wat machn eure zwee Quartierjäste?"

Minna antwortet flüsternd: "Der Claudia jeht es prima. Der Max fiebat noch. Aba det is ooch vorübajehend."

Frieda fast Minna mit beiden Händen an den Schultern und schaut ihr fest in die Augen: "Kannst du det eijentlich mid deim Jewissn vaeinbarn... - zwee Judn im Haus?"

Minna ist verwundert: "Na, wo solln die denn hin? Die wern doch glatt an die Wand jestellt!"

Frieda lässt nicht locker: "Wat jeht dir det an, wennet zwee Judn wenijer jibt?"

Minna windet sich aus Friedas Händen: "Wat willste denn

machn?"

Frieda lässt ihre Hände sinken und gesteht: "Ick weeßet ooch nisch. Aba man muss wat machn!"

Hertha - noch etwas schwach - mischt sich ein: "Wat willst du machn?"

Frieda macht sich gerade und streckt ihren Rücken: "Ick kann det jednfalls mit meinem völkischn Jewissn nisch vaeinbaren... zwee Judn!"

Hertha richtet sich etwas auf: "Mensch, Frieda, wat redest du für een Stuss - zwee Judn! Det sin Claudia, wat wie unsre leiblische Schwesta is! Un det is der Max... mein Exjatte! Wat der Vada von meine Evelyne is!"

Frieda entgegnet unsicher: "Aba... es sin Judn, wat die Feinde von det Deutsche Volk sin."

Hertha bringt sich auf dem Sofa in eine aufrechte Sitzhaltung: "Een bisken blöd warste ja schon imma, aba det jetzt is echt stark!"

Frieda sackt in sich zusammen, setzt sich neben Hertha auf das Sofa und beginnt zu weinen: "Ach, Mensch Hertchen... un die Beisetzung von die Urne is in drei Tache."

Minna begreift Friedas Gedankensprung nicht: "Wat denn für eene Urne?"

Frieda erklärt unter Schluchzen: "Na, die Urne mit die Asche von Willy!"

Hertha fragt leise: "In drei Tache. Wo soll denn die Beisetzung sein?"

Frieda putzt sich die Nase: "In Chemnitz. Die Ella besteht druff."

Hertha erhebt sich vom Sofa und fragt Frieda: "Fährst du hin?"

Frieda schluchzt laut auf: "Nee!"

Hertha wendet sich an Minna: "Ick fahre nach Chemnitz. Mach mal een Telegramm zu Tante Ella nach Chemnitz."

Minna geht davon, um Herthas Wunsch nachzukommen.

1942 - Chemnitz / Friedhof

Ella Tölpe und Hertha Dietz, die sich bei Ella untergehakt hat,
stehen an einer kleinen Ausschachtung, die für die Urne von
Willy vorgesehen ist. Beide tragen schwarze Mäntel und Hüte
mit schwarzem Trauerflor. Ein Friedhofsangesteller hält die
Urne, die mit einem Tuck bedeckt ist, in den Händen und
wartet auf das Zeichen des Pfarrers, um dann die Urne in die
Ausschachtung zu versenken. Der Pfarrer betet noch.
Ella fragt Hertha leise flüsternd: "Aber warum ist denn die
Frieda nicht gekommen?"
Hertha flüstert zurück: "Lass ma, Tante Ella. Die Frieda hat
hier nischt valorn!"
Herthas kleine goldene Ohrringe, in die jeweils ein winziger
geschliffener rotblitzender Rubin gefasst ist, verleihen ihrem
Gesicht unter dem Trauerschleier des schwarzen Hutes in
diesem Moment etwas Abgründiges.

1942 - Berlin / Villa im Grunewald

Ein 'Musikalischer Salon', zu dem Hertha wie immer geladen hatte, geht zu Ende. Hertha trägt noch ein Chanson vor:

Ich bin eine viel zu schöne Frau,
das spür, das merke ich genau,
bei jedem Schritt werd ich taxiert,
kein Mann, der sich nicht intressiert.
Und bleib ich irgendwo kurz stehn.....
- Mein Fräulein, wolln wir nicht ins Kino gehn?

Das ist ein Kreuz, jawohl,
das ist mein Risiko.
Ich bin ein Sexidol,
vom Brustbein bis zum Po,
mein Anblick macht die Männer froh.

Ich bin eine viel zu schöne Frau,
ich stehl den andern Fraun die Schau,
In Bars bleib ich nie lang allein,
ich zeig nicht viel, ein Stückchen Bein...
und wie gesagt, es dreht schon einer bei:
- Mein Fräulein, ist der Platz bei ihnen frei?

Das ist ein Kreuz, jawohl,
das ist mein Risiko.
Ich bin ein Sexidol,

vom Brustbein bis zum Po,
mein Anblick macht die Männer froh.

Ich bin eine viel zu schöne Frau,
fast klassisch ist mein Körperbau.
Ich bin gewohnt, umschwärmt zu sein,
die Männer sind mein Glorienschein.
Doch richtig ernst, verdammt, war es noch nie.
noch keiner sprach zu mir - ich liebe sie.

Das ist ein Kreuz, jawohl,
das ist mein Risiko.
Ich bin ein Sexidol,
vom Brustbein bis zum Po,
mein Anblick macht die Männer froh -
doch essen gehn die Kerle anderswo!

Willy ist seit einem reichlichen Jahr tot. Es ist ein schönes
Frühjahr. Die Bäume treiben Grüne Spitzen.

Das Leben in der Villa mit den beiden Juden, die sich überwiegend im Dachquartier versteckt halten, hat sich gefügt und
zurechtgerüttelt. Es ist schon fast normal. Durch die hohe
Mauer, die das Grundstück umschließt, ist ein gewisser Aus-
lauf möglich. Die ständigen Meldungen, von versteckten Juden, die aufgefunden und in ein Lager deportiert wurden,
halten aber Angst und Vorsicht frisch. Der rege Verkehr von
brauner Prominenz in der Villa ist eine große Gefahr für
Claudia Sponholz und Max Koppel, aber doch zugleich auch

ein Schutzmantel. Es gab keine Durchsuchung der Villa, obwohl man durchaus Verbindungen zwischen den beiden geflüchteten Juden zu Hertha hätte erkennen können. Man darf annehmen, dass Wernfried König, oder auch andere Gäste, ihre schützende Hand über die Villa halten. Ein ideales Versteck letztlich.

Die letzten Gäste des in den Räumen der Villa soeben zu Ende gehenden 'Musikalischen Salons' verlassen die Villa über die Freitreppe und fahren in ihren Autos davon. Es sind nicht mehr so viele Gäste, wie noch vor Monaten.
Der Charakter des Salons hat sich auch etwas gewandelt. Weniger Party, weniger Musik, weniger Ausschweifungen...
Die Partys gleichen in den letzten Monaten wirklich mehr einem literarisch-künstlerischem Salon. Es wird viel diskutiert.

Hertha und Frieda lümmeln in der Halle auf dem Sofa. Sie rauchen beide und trinken noch ein Glas Sekt miteinander. Minna räumt herumstehende Gläser und Teller weg.
Frieda stößt den Rauch nach einem tiefen Lungenzug gegen die Zimmerdecke: "Eijentlich brauchste mir hier jar nisch mehr. Nur noch gebildetes Jeschwätz!"
Hertha nippt an ihrem Glas und antwortet lächelnd: "Sei doch froh. Det dauernde Jesinge is mir schon seid lange uffn Jeist jegang! Außadem... du bist die beste Bedienung, die wo jibt!"
Minna, die eben die vollen Aschebecher einsammelt, wendet sich um: "Un wat bin icke?"
Hertha erhebt sich und umarmt Minna: "Du bist die allerbeste!

Un hol die Untamieta hoch. Deck die Reste da drüben uff dem Tisch."

Frieda stellt ihre Frage, die ihr spontan aufsteigt, mehr zu sich selbst und in den Raum: "Un wie lange soll das noch jehn mid die Judn?"

Hertha blickt Frieda nachdenklich an: "Tja... det jeht solange, wie es jehn muss. Wat weeß icke, wann der Kriesch zuende is."

Frieda stößt wieder einen großen Schwall Zigarettenrauch aus: "Der Endsieg kommd bald."

Hertha lacht kurz auf: "Du gloobst ooch an Jespensta, wa? Endsieg! Det ick nisch lache!"

Frieda springt auf und schreit: "Ick gloobe fast, du entwickelst dir zum Volksvaräta! Nisch bloß det du Judn vasteckst, du zweifelst am Endsieg! Det is Wehrkraftzersetzung! Ick zeije dir an!"

Hertha steht wie vom Donner gerührt. Frieda reißt ihren rechten Arm hoch, brüllt "Heil Hitla!", dreht sich um und rennt davon.

Minna ist ebenso erschrocken wie Hertha Sie fragt: "Willst du die wirklich so loofn lassn?"

Hertha fast sich wieder: "Ja, nee... - loof ma hintaher. Sach, ick will ihr noch wat jehm. Wat von Willy."

Minna rennt die Freitreppe hinunter und holt Frieda am Tor zum Grundstück ein. Sie redet mit Frieda und kann sie augenscheinlich bewegen, nochmal mit in die Villa zurück zu kommen.

In der Zwischenzeit ist Hertha in das Arbeitszimmer von

Wernfried geeilt und hat den Revolver, den Wernfried in der Schreibtischschublade aufbewahrt, geholt. Sie hält den Revolver hinter ihrem Rücken und wartet nun.

Als Minna mit Frieda in die Halle kommt, schickt Hertha Minna fort. Ebenso schickt Hertha die beiden Juden, die schon am Tisch platzgenommen haben und beginnen, sich über die Reste der Partyspeisen herzumachen, aus dem Salon noch einmal hinaus: "Lasst mir ma hier alleene! Jeht am bestn alle in die Küche. Ick habe mit die Frieda... wat janz Wichtijes zu redn."

Minna, Claudia und Max verlassen bereitwillig den Raum. Nach wenigen Sekunden hören sie dann einen Schuss und rennen zurück in die Halle.

Frieda liegt in einem Sessel und blutet nur wenig aus dem Oberkörper.

Hertha schießt noch einmal!

Hertha zischt beim zweiten Schuss zwischen den Zähnen hervor: "Un det is für Willy. Du Aas! Wat hab ick mir jegrämt, det du den jeheiratet hast. Weeßt du, wie mir det wehjetan hat?! Hure!"

Max, Hertha, Claudia und Minna tragen Frieda, jeder sie an einem Arm oder einem Fuß haltend, in den Garten hinter der Villa und decken sie mit einer Plane zu.

Claudia stellt die Frage: "Un nu?"

Hertha antwortet trocken: "Ach, Claudia - weeßte wirklich

nisch, wat wir jetzt zu tun haben? Wir schaufeln een Grab."

Minna fragt: "Un ick?"

Hertha schiebt Minna in Richtung zum Haus weg: "Nee, du machst, wat de imma machst - deine Arbeid! Det hier is unsa Bier, wa Max?"

Max ist sich aber nicht richtig im Klaren, aus welchem Grund Hertha geschossen hat und fragt: "Aber, warum bloß... warum hast du die Frieda denn umgebracht?"

Hertha hebt ihre Stimme etwas an und antwortet schrill: "Weil se der ins Jehirn jeschissn haben. Völkisches Jewissn un so! Die wollte petzn jehn!"

Claudia versteht immer noch nicht. "Wat petzn?"

Hertha stöhnt entnervt und brüllt nun: "Det du un der Max... det ick euch zwee beedn Judn hier vastecke!"

Claudia schaut zu der Leiche von Frieda und schlägt sich die Hände vor das Gesicht: "Mein Jott... dat det soweit kommen musste..."

Hertha, die sich wieder im Griff hat, kommandiert. "Schluss jetzt mit dem Jejammer! Ick hab det nisch jewollt. Also, los jetzt...!"

Sie heben mit vereinten Kräften ein Grab aus und rollen schließlich Friedas Leiche hinein. Frieda kommt in dem Grab mit dem Gesicht nach unten zu liegen. Das erleichtert es den dreien, das Grab zuzuschaufeln.

Claudia hält plötzlich beim Schaufeln inne: "Un wenn die eena sucht?"

Hertha unterbricht ihre Tätigkeit nicht und meint: "Wer soll die suchn? Willy kann nisch mehr... un wat ihr Arno is... der is ja vaheiratet, der kann ja nisch offiziell nach seine Mätresse suchn... in seine Positsjohn!"

Max ergänzt die Argumentation: "Und einen Zuhälter hat sie auch nicht mehr!"

Hertha denkt laut weiter: "Un wenn doch ma eena frachd, denn sach ick, det se mir jesachd hat, det se sisch freiwillig an die Front jemeldet hat. Wehrmachtshelfarin! Telefonistin! Paris! Klar, det sach ick denn!"

Claudia ist noch nicht beruhigt: "Aba da is noch die Wohnung von Frieda un Willy."

Hertha verharrt kurz bei der Arbeit: "Ach, denn wird vielleischd die Ella in Chemnitz erfahrn, det Frieda weg is. Un keena weeß, wo se is. Denn muss die Ella die Wohnung ufflösen. Un da helfe ick dann."

Claudia beginnt wieder zu schippen: "Ick bete, det du Recht hast."

Hertha schippt auch weiter: "Klar, hab ick Recht! Un wenn der Schnee weg is, denn muss der Max hier Rosn druff pflanzen!"

Hinter einer Hecke des Nachbargrundstückes tritt ein Mann mit Strohhut und Gärtnerschürze hervor, der dort im Schatten auf einer Gartenbank gesessen hat, und geht langsam davon. ER hat gehört, was gesprochen wurde. Seine Augen, hinter der Brille mit dem schwarzem Gestell und den gelben Gläsern, sieht man nicht. ER hinkt leicht. Dann bleibt er noch einmal stehen und schaut zurück zu Herthas Villa:

"Und so sind die drei Puppen nun nur noch zu zweit im Diesseits. Dafür gehört jetzt Max mit dazu. Drei Jahre lang wird

das so sein. Es läuft nach außen in der Villa wie früher. Nur -
der Gärtner heißt jetzt Max. Dass bei Herthas 'Musikalischen
Salons" Claudia als Ersatz für Frieda auftritt, merkt niemand.
Auch Wernfried König nicht. Der hatte für die beiden Freundinnen nie größeres Interesse gehabt und sie schon immer
verwechselt. Und Arno von Schibach kommt nicht mehr.
Der - und andere, die früher zu Gast da waren - haben mit
dem Endsieg zu tun, der auf sich warten lässt."

1943 - Berlin / Wohnung von Frieda und Willy

Hertha, der die Frage von Claudia, ob denn nicht jemand wegen der Wohnung von Frieda und Willy nach Frieda suchen könnte, nicht aus dem Sinn gegangen. Klar, der Vermieter würde irgendwann zur Polizei rennen, weil er keine Miete bekommt und die Mieter nicht zu finden sind.

Sie hatte deshalb den Vermieter ausfindig gemacht, die ausstehende Miete beglichen und die Wohnung zum letzten des nächsten Monats gekündigt. Der Vermieter hatte keine Fragen weiter gestellt. Ihm war das Schicksal seiner Mieter gleichgültig. Wo käme er auch hin, wenn er sich um alle seine Mieter kümmern wöllte. Insgesamt hatte er drei vierstöckige Mietshäuser einschließlich entsprechender Hinterhäuser.

Hertha hatte vereinbart, dass vor Ablauf des Mietvertrages die Wohnung ordnungsgemäß ausgeräumt wird.

Wegen dieser Haushaltauflösung war auch Willys Mutter, Ella Tölpe, nach Berlin gekommen. Und weil sie wie gewohnt, wenn sie in Berlin weilte, bei ihrer Schwester Emma Dietz wohnte, steht nun auch Emma im Wohnzimmer der kleinen Mietwohnung und schaut sich neugierig um. Geht dahin und dorthin, öffnet Schränke, zieht Schubkästen heraus...

Hertha hält sich etwas zurück. Sie ist sehr elegant und teuer gekleidet.

Ella entdeckt ein Foto von der Hochzeit Willys mit Frieda. Sie steckt es sich in die Handtasche.

Emma verkündet, nachdem sie sich einen Überblick verschafft hat: "Also, Wertsachn kann ick hier keene findn."

Ella sagt: "Ich habe, was ich wollte."

Hertha ist verwundert: "Ick hätte nisch jedacht, det Willy in so bescheiden Vahältnisse jelebt hat."

Ella winkt ab: "Bescheiden? Wenn die Frieda bescheiden war, dann ist mein Hintern eine Apfeltorte! Willy hat irgendwann gesagt, dass sie unentwegt teure Kleider haben muss. Und jeden Tag essen gehen. Und bis spät trinken und rauchen...!

Emma nickt eifrig: "Jenau so sieht det hier aus! Hier war keene Hausfrau zujange!"

Ella wendet sich an Hertha: "Wobei... ich hab die Frieda ja überhaupt nie kennengelernt. Und jetzt ist sie weg. Einfach weg. Un wenn die wiederkommt, ist die Wohnung weg."

Hertha versucht die Situation zu bemänteln: "Ach, weeßte Tantchen, det passiert in solche wirren Zeitn! Da vaschwindet ehm ooch ma jemand."

Hertha klimpert auf dem Klavier, das in der Ecke steht. Sie hat keine Ahnung vom Klavierspielen, aber für die Melodie ihres Liedes reicht es gerade so mit einem Finger. Sie summt leise: "Schmetterlin, flieg..." - und zu Ella gewandt: "In bessre Zeitn, könnte man det Klavier villeischd vakoofn."

Die Tränen, die ihr über die Wange rollen, sollen die anderen nicht sehen.

1944 - Berlin / Villa im Grunewald

Max Koppel und Claudia Sponholz sitzen am Tisch in der Küche und vertilgen die Reste von den kalten Platten und aus den Schüsseln. Es ist, wie immer, wenn der 'Musikalische Salon' stattgefunden hat, reichlich übrig geblieben.

So friedlich, wie jetzt, war es nicht immer zwischen den beiden, was natürlich kein Wunder ist. Zwei Menschen, dazu ein Mann und eine Frau, auf engstem Raum... über Jahre...

Frühling, Sommer, Herbst und Winter
hier in diesem Mauseloch.

Frühling, Sommer, Herbst und Winter -
wozu leben wir denn noch.

Claudia: *Geh doch weg, geh weg, ich hass dich!*
                 Komm doch her - und liebe mich.

Max: *Halt den Mund, sei still, du Miststück.*
                 Bitte glaub, ich liebe dich.

Claudia: *Lass die Finger bloß von Hertha,*
                 Hertha, die gehört nicht dir.

Max: *Dir gehört sie wohl erst recht nicht!*
                 Sag, was willst du bloß von mir.

Frühling, Sommer, Herbst und Winter,
hier in diesem Mauseloch.

Frühling, Sommer, Herbst und Winter,
wozu leben wir denn noch.

Claudia: *Nein, ich nehme mir das Leben,*
               ich halts nicht mehr länger aus!

Max: *Mach nur, mach! Tu's doch, erhäng dich!*
               Mir macht das fast gar nichts aus!

Claudia: *Du gemeiner Schweinehund.*
Max: *Dämliche Nervensäge.*
Claudia: *Ohne dich kann ich nicht leben.*
Max: *Nur durch dich hab ich noch Mut.*
Claudia: *Liebster...*
Max: *Mein Schatz...*
Claudia: *Geh weg... ich hasse dich...*
Max: *Ich bring dich um, eines Tages bring ich dich...*

Minna wäscht ab und angelt sich zwischendurch mit den Fingern auch mal ein Stück Braten.

"Die haben ja gestern gefressen, wie neunköpfige Raupen!" - stellt Max mit vollem Mund fest.

Claudia nickt: "Von dem Kaviar is jar nix üba jebliem!"

Hertha, die in die Küche hereinkommt, hat gehört, was Claudia gesagt hat: "Verwöhnte Bande! Aba beeilt euch ma bisken.

Oda nehmt det Zeusch mit runta. Minna, helf ma mit. Wernfried muss jeden Moment ufftauchn."

Max, Claudia und Minna räumen das Feld unter Mitnahme von einer Käseplatte und einer Schüssel mit Eier-Schinken-Salat.

Hertha geht in die Halle und schaut auf den Vorplatz. Hertha trägt das dunkelgrüne Pailletten Fransenkleid, das ihre schmale Taille kaum verbergen kann - und wohl auch nicht soll.

Ihre kleinen goldenen Ohrringe, in die jeweils ein winziger geschliffener rotblitzender Rubin gefasst ist, verleihen ihrem Gesicht im Schein der Morgensonne, die durch die geöffnete Terrassentür flutet, etwas Ätherisches.

Wernfrieds Wagen fährt vor.

Bevor Wernfried König aussteigt, instruiert er noch seinen Chauffeur, der ihm auch als Butler seit Jahren zu Diensten ist: "Ich suche noch schnell ein paar Sachen zusammen... du kannst dir in der Küche einen Kaffee geben lassen. Zwanzig Minuten! Länger brauche ich nicht!"

Wernfried eilt ins Haus, an Hertha vorbei, die er ohne die üblichen ausführlichen Begrüßungshandlungen, nur mit einem Klaps auf den Hintern bedenkend, in der Halle stehen lässt: "Hallo, Puppe! Ich habs mächtig eilig!"

Er eilt, drei Stufen auf einmal nehmend, die Treppe hinauf in den ersten Stock.

Hertha ruft ihm ironisch hinterher: "Eilich? Du hastet eilich? Det is ja mal wat janz wat Neuet!"

Hertha schaut auf die Standuhr in der Halle. Sie sieht den Chauffeur, der zur Küche will, um sich von Minna einen Kaffee machen zu lassen.

Hallo!" - ruft Hertha: "Und wat kann ick für Sie Jutet tun?"

ER bremst seinen Schritt und sagt: "Hallo, gnädige Frau! Ob ich wohl einen Kaffee haben könnte?"

Seine Augen, hinter der Brille mit dem schwarzem Gestell und den gelben Gläsern, sieht man nicht. ER hinkt leicht.

Hertha nickt und ruft laut, dass es sicher im ganzen Haus zu hören sein muss: "Minna! Kaffee machn!"

In gedämpftem Ton sagt sie zu ihm: "Kaffee kommt gleich."

Sie wendet sich zur Treppe und geht gemächlich nach oben, um zu schauen, was Wernfried tut. Als sie ihn im Schlafzimmer vor dem Kleiderschrank findet und sieht, dass er seinen Koffer packt, setzt sie sich auf das Bett und schaut zu.

Wernfried König unterbricht sich kurz und schaut sie an: "Mein Gott, bist du ein schönes Weib, Puppe!"

Ich bin nicht dein,

du bist nicht mein,

dein heißer Leib war mir der schönste Zeitvertreib.

In den Stunden, da wir beieinander warn,

warn wir uns so wie Mond und Sonne fern.

In den Sekunden, wenn wir uns im Rausch verlorn,

entschwebte jeder ganz allein zu seinem Stern.

Ich bin nicht dein,

du bist nicht mein,

dein heißer Leib war mir der schönste Zeitvertreib.

Ohne Hemmung gaben wir uns hoffend hin,

voll Sehnsucht nach dem Seligsein.

Wir tranken Sekt, wir schlürften Gin

und fanden uns am Ende stets allein.

 Ich bin nicht dein,

 du bist nicht mein,

 dein heißer Leib war mir der schönste Zeitvertreib.

Mit dem gefüllten Koffer verlässt er das Schlafzimmer und geht nach unten in die Halle. Hertha folgt mit einigem Abstand ohne Eile.

Der Chauffeur verstaut den Koffer hinten im Kofferraum des Wagens, wo schon zwei kleinere Koffer verstaut sind. Dann geht ER nach vorn und klettert hinters Lenkrad. Doch bevor ER die Tür zuschlägt, blickt er hinüber zur Villa, wo er in einem der Dachfenster zwei Gesichter mehr erahnt, denn erkennt. Dass es die Gesichter von Claudia Sponholz und Max Koppel sind, weiß ER natürlich. ER winkt ihnen kurz zu: "Gehabt euch wohl! Das Gröbste habt ihr geschafft. In wenigen Wochen ist der braune Spuk in Deutschland vorüber. Herr König wird zukünftig in Südamerika Straßen und Autobahnen bauen. Die Zweigstelle seiner Baufirma ist in Argentinien registriert. Die Reise wird ihn über die sogenannte 'Rattenlinie' nach Südtirol und weiter nach Genua führen. Von dort wird es per Schiff weitergehen. Tausende sind es, die ihm in den letzten Tagen des tausendjährigen Reiches folgen werden.' ER winkt nochmal hinüber zur Villa und schlägt die Tür zu.

Hertha steht noch bei Wernfried und hält seine Hände: "Un wann kommste wieda?"

Wernfried antwortet leise: "Nie mehr. Machs gut, Puppe!"

Bevor er einsteigt gibt er ihr einen Klaps auf den Hintern. Dann fährt die große schwarze Limousine davon. Kein Winken. Kein Blick mehr.

Auf Wiedersehn, lieb Vaterland,
auf Wiedersehn, good bye!

Ich hab hier meinen Schnitt gemacht,
ich lebte gut und frei.
Der kluge Mann hat vorgebaut,
ich hab den Nebel längst durchschaut,
ich hab mein Konto in der Schweiz
und überhaupt - im Wechsel liegt der Reiz.

Auf Wiedersehn, lieb Vaterland,
auf Wiedersehn, good bye!
Ich leb hinfort als Emigrant
im schönen Paraguay.

Hertha steht noch eine Weile. Dreht sich dann langsam im Kreis. Beginnt zu schreien:

"Hurra, hiphip hurra! Jeschafft! Ick habe es jeschafft! Hiphip hurra!"

Minna, Max und Claudia laufen zu ihr und tanzen mit Hertha. Hertha verharrt. Die anderen auch.

Hertha streift ihre Haare aus der Stirn: "Ick gloob et nisch - ick kann det nisch fassn! Wernfried setzt sich ab!

Aba ick gloobe, der hat die rischdije Nase. Der Kriech jeht den Bach runta. Fini! Un nischd mid Endsieg!"

Minna mahnt allerdings: "Aba noch isset nisch soweit. Wir dürfen nich übamütisch werden! Der Adolf mobilisiert die letztn Reserven.'

1945 - Berlin / Villa im Grunewald

Vom Balkon über dem Portal mit den beiden Säulen hängt eine weiße Fahne.

Ein russischer Panzer fährt vor. Ein Soldat schaut aus dem Turm. Das Tor zum Grundstück ist verschlossen, stellt aber für einen Panzer kein Hindernis dar. Doch der Panzer setzt sich nicht in Bewegung.

In der Nacht können die vier Bewohner der Villa nicht schlafen. Sie sitzen in der Halle und schauen abwechselnd nach draußen zu dem Panzer.

Die russischen Soldaten haben den Panzer verlassen und ein Lagerfeuer gemacht.

Minna bricht das Schweigen: "Und wat is nu?"

Claudia seufzt: "Ach, wenn alles jut jeht, dann jehe ick nach New York. Die Familie von mein Mann... die haben imma jesacht, det wir komm solln. Aba wo doch die Jeschäfte noch so jut liefn, wa... aba nu kann ick rüba!"

Max steckt sich eine Zigarette in den Mund und zündet sie an: "Ich gehe nach Spanien. Mein Bruder hat dort eine Korkplantage."

Hertha steht auf und schaut zur Toreinfahrt des Grundstücks: "Ick gloobe, ick jehe ins Bette und schlafe zwee Monate durch. Ohne Angst, det die Jestapo kommt."

Dann klopft es zaghaft an ein seitliches Fenster. Minna geht hin und schaut nach. Sie schreit erschrocken auf.

Dann meldet Minna den anderen: "Arno Schibach bittet um Einlass."

Arno ist durch das Fenster hereingeklettert und Minna bereits in die Halle gefolgt: "Entschuldigen sie bitte die Störung... vielleicht erinnern sie sich, wer ich bin?"

Hertha erkennt ihn: "Der Arno! Mir laust der Affe! Reichsjuchendführa! Aba so janz in Zivil...!"

Minna wendet sich zu Arno und sagt: "Im Radio hamse jesachd, dich hamse uffjehängt. In Wien."

Arno schüttelt den Kopf: "Da siehst man wieder, was die Lügen können!"

Hertha steigt ein Verdacht auf: "Aba wenn du die Frieda suchst, wa... - also, die Frieda is nisch hier. Die is ja freiwillisch an die Frond, wa."

Arno winkt ab: "Frieda... nein, nur ein paar Tage... bitte... bis klare Verhältnisse herrschen..."

Minna meint trocken: "Na, die Russen sin da. Det is een klares Vahältnis!"

Arno lächelt wissend: "Abwarten. Ich bitte sozusagen um einige Tage Asyl."

Claudia steht vom Sofa auf und stellt sich ihm gegenüber auf: "Asyl? Mein Jott... wie viel Judn ham sie uffm Jewissn? Hundat... zweehundattausend?"

Arno tritt zurück, um den Abstand zu Claudia zu vergrößern: "Vielleicht erinnern sie sich, Herr Koppel... unsere letzte Begegnung hier im Haus - oben in der Toilette zu Silvester! Sie lagen in der Wanne."

Max raucht noch einen Zug und drückt seine Zigarette in den Aschenbecher: "Ja. Ich erinnere mich."

Hertha versteht nicht: "Uff Toilette? Wat denn für eene Be-

155

jegnung?"

Max erklärt: "Er hat mich damals in der Wanne liegen sehn, Silvester. Ich habe ihn gegrüßt. Er hat zurück gegrüßt."

Hertha setzt sich: "Nee! Wenn ick det jewusst hätte... det der det jewusst hat... det du..." Sie schüttelt verständnislos ihren Kopf.

Max sagt: "Er hat tatsächlich die ganze Zeit die Schnauze gehalten."

Arno lässt sich demonstrativ lässig auf das Sofa fallen: "Und nicht nur die Schnauze habe ich gehalten. Die Akte der vermissten Frieda Tölpe wurde auf meinen persönlichen Befehl hin geschlossen."

Hertha begreift, was sie bisher einem glücklichen Zufall zugeschrieben hatte: "Persönlicha Befehl... jut! Aba wirklich bloß paar Tache."

Und irgendwohin nach oben ruft sie mit theatralischem Gestus: "Nee, womit hab ick det bloß vadient. Erst die Judn un nu eena von die öbersten Nazis!"

Dann schauen alle durch das Fenster zu den Russen.

Am nächsten Morgen fährt vor der Villa ein Jeep der Roten Armee vor. Zwei Offiziere nähern sich dem Portal. Claudia, Max und Arno verstecken sich im Dachquartier.

Hertha empfängt die Offiziere. Sie verhalten sich ehrerbietig und begrüßen Hertha mit Handkuss. Sie zeigen Hertha ein Plakat.

Die drei Puppen!

Der höchste Offizier - sieht aus wie Stalin persönlich - ist im Jeep sitzen geblieben. Er brüllt ungeduldig: "Dawai! Dawai!"

1945 - Ein Archiv

Zwischen den üblichen Archivregalen, die bis oben vollge-
stopft sind mit Akten und Ordnern sitzt an einem kleinen
Arbeitspult der Archivar. Seine Augen, hinter der Brille mit
dem schwarzem Gestell und den gelben Gläsern, sieht man
nicht. ER liest sich selbst laut aus einer Akte, die aufgeschla-
gen vor ihm liegt, vor:

Dokument Nummer 68, 5.Juni 1945, Reproduktion 146/1, Nr.
60, Stadtarchiv Berlin:

Erste Varietevorstellung nach der bedingungslosen Kapitula-
tion in Charlottenburg.

Am Sonnabend dem 2.Juni 1945 fand als Auftakt des kultu-
rellen Lebens in Charlottenburg eine Varieteveranstaltung statt.
Anwesend waren Vertreter der hiesigen Kommandantur,
führende Offiziere des Hauses der Roten Armee und hohe
Offiziere verschiedener Truppenteile. Ungefähr 80% der
übrigen Plätze waren für die Bevölkerung bereitgestellt. Der
Raum war geschmackvoll geschmückt und das Programm
verlief zur allgemeinen Zufriedenheit.

Kritisiert wurde nur das Kostüm der Sängerin Hertha Dietz. Es
erregte lebhafte Entrüstung der sowjetischen Offiziere. Dabei
ist zu bedenken, dass Varieté-Einlagen, die für deutsche Be-
griffe als durchaus harmlos gelten, die höchstens einen sogenannten pikanten Anstrich haben, für den Sowjetmenschen
schon obszön wirken, ja sogar von sehr strengen Moralisten als
pornografisch bezeichnet werden.

Noch während der Vorstellung wurde mir von den höheren Offizieren bedeutet, dass der Gesang an sich ja sehr schön sei, aber dass das Kostüm geändert werden müsse. Das war als direkter Auftrag durch den Leiter der kulturpolitischen Abteilung, Herrn Major Mischetschkin, erhärtet worden.

Gerade dieser Punkt wurde aber am folgenden Tag mit dem Kommandanten besprochen, der dann in seiner gewohnt großzügigen Art lächelnd meinte, dass die Entrüstung der Offiziere wohl etwas zu überspitzt sei. Wenn in unseren deutschen Varieté-Programmen derartige Nummern als nicht anstößig empfunden würden, sollten sie sogar auf seinen ausdrücklichen Wunsch hin erhalten bleiben. Der Kommandant bestellte für die nächste Vorstellung Karten für sich und seinen Adjutanten."

ER lacht eine ganze Weile leise in sich hinein, bevor er weiterliest: "Nach Aufteilung Berlins in die vier Besatzungszonen stellte sich Arno Schibach, den man für tot oder in Südamerika untergetaucht hielt, den Amerikanischen Besatzern. Er wird als Kriegsverbrecher bei den Nürnberger Prozessen verurteilt zu 20 Jahren Haft."

1945 - Berlin / Charlottenburger Varieté

Der sowjetische Kommandant nimmt mit seinem Adjutanten im Zuschauerraum in der ersten Reihe Platz.

Ein Gong ertönt. Das Orchester beginnt zu spielen. Ein Ballett, bestehend aus sieben Tänzerinnen, tanzt in Formation aus der Bühnengasse heraus auf die Bühne. Die Tänzerinnen tragen Kostüme im Afrikalook, wie sie die drei Puppen im Rose-Theater kreiert hatten. Nun tritt Hertha hinter dem Vorhang hervor. Hertha trägt ein dunkelgrünes Pailletten Fransenkleid, das ihre schmale Taille kaum verbergen kann - und wohl auch nicht soll. Das Dekolletee tiefer und offener als je zuvor. Ihre kleinen goldenen Ohrringe, in die jeweils ein winziger geschliffener rotblitzender Rubin gefasst ist, verleihen ihrem Gesicht im Schein der Scheinwerfer etwas Erotisches.

Sie singt ihr 'Schmetterlings-Lied'.

Der Beifall ist am Ende riesig. Bei den Verbeugungen von Hertha, die sie sehr in Richtung auf den Kommandanten vollführt, kann man ihren Busen in Gänze sehen. Der sowjetische Kommandant erhebt sich und ruft mit gewaltigem Bass: "Jeschtscho ras! Dawai!"

Die Damen vom Ballett und auch Hertha verstehen die russischen Worte nicht und begreifen nicht sofort. Der Kommandant nimmt seinen Revolver aus dem Halfter und schießt in die Decke. Er brüllt nochmal: "Jeschtscho ras! Bravo! Dawai - los geht's, Puppe!"

Hertha singt jetzt ein altes Lied, was sie im Kiez als Kind oft gehört hatte, mit neuem Text:

Letzte Feuer in den Trümmern sind verglimmt,

und wir fangen langsam zu begreifen an,

dass das Leben wieder uns ans Händchen nimmt,

und wir staunen, dass man auch noch lachen kann.

Und wir ketten unsre Träume an den Tag,

um die Hoffnung nachts nicht zu verliern.

Und es soll ein jeder tun, was er vermag -

wer leben will, wird sich nicht lange ziern.

Wir fangen an, jawoll,

wir gehen ran, jawoll,

der alte Dreck, jawoll,

muss endlich weg, jawoll.

Auch wenn nur langsam geht, na und?

Die Uhr tickt Stund um Stund -

nur wer sich vor dem leben duckt,

der wird verschluckt.

1962 - In einem Himmel

Ella und Emma sitzen an einem Kaffeetisch bei Kaffee und Kuchen. Ein Gläschen Kognak darf nicht fehlen. Der Blick von der Wolke hinab auf die Erde ist beeindruckend schön. Die Zerstörungen, die die anglo-amerikanischen Bomber in den letzten Kriegsmonaten hinterlassen haben, sind in Deutschland von weit oben kaum noch zu sehen.

Emma hebt ihr Gläschen: "Nee, nee, nee... wat war die Hertha für een Miststück!"

Ella schüttelt missbilligend ihren Kopf: "Aber Emma - versündige dich nicht! Über Tote nichts Schlechtes! Und außerdem... sie hatte doch allemal ein gutes Herz!"

Emma trinkt ihr Gläschen aus: "Nee, nee, nee - wie det Leben manschma so spielt..."

Ella nickt und trinkt ihr Gläschen ebenfalls aus: "Ein Glücks-spiel."

Emma reicht Ella eine Fotografie.

"Kieke bloß ma, wat die hier vornehm tut!"

Ella schaut das Foto nachdenklich an.

"Eine richtig feine Dame! Emma, ich glaube, deine Hertha.. die war vornehm!"

2006 - ein Friedhof in New York

Eine männliche Gestalt in einem langen Mantel mit Kapuze steht an einem frischen Grab. Wäre der Mantel weiß, könnte man an Ku-Klux-Klan denken. Doch die Farbe des Mantels ist ein dunkles Rot. Purpurrot!

Die Schippe hat ER vor sich aufgestützt. Man nennt ihn 'Totengräber'.

ER ist ein Angestellter der Friedhofsverwaltung. ER hat soeben seine Arbeit beendet. Das Grab kann nun bepflanzt werden.

Im Hintergrund ist die New Yorker Freiheitsstatue zu sehen. ER hat nichts dagegen, wenn man ihn 'Totengräber' nennt. Wobei seine Tätigkeit weniger im Graben der Gräber besteht, was vorwiegend der kleine Bagger erledigt, als vielmehr in der Pflege der Friedhofsanlage.

ER steht am Grab von Hertha Dietz. Seine Augen, hinter der Brille mit dem schwarzem Gestell und den gelben Gläsern, sieht man nicht.

Nun stellt ER seine Schippe an den Stamm des alten Ahornbaumes. ER poliert den Grabstein. Auf dem Grabstein brennt eine Kerze. ER spricht mit klarer und heller Stimme, wenn auch sehr leise:

"Hertha, geboren 1907 in Berlin. Gestorben 2006 in New York."

ER bläst die Kerze aus. Als ER die Brille einen Moment abnimmt, könnte man, wenn man ihn genau von vorn sehen würde, erkennen, dass er blind ist. Blind wie das Schicksal oder die Vorsehung!

ER geht den Weg zwischen den Gräbern entlang auf den Ausgang zu. ER hinkt leicht.

Über Herthas künstlerische Karriere in Amerika weiß ER Bescheid. Man müsste ihn fragen!

In der Ferne sieht man die Freiheitsstatue von New York.

Von irgendwo her trägt der leichte Wind eine Melodie heran.

Herthas Lied vom Schmetterling?

----

fini

Nachwort:

Aus meiner Kindheit ist mir diese Hertha Dietz vom Hören-
sagen her als Tante Hertha bekannt. Gesehen habe ich sie
wohl auch einmal - das war 1952, als meine Eltern mit mir
dreijährigem Knirps für einige Tage in der Villa im Grunewald,
die Tante Hertha von einem reichen Nazibonzen geschenkt
bekommen hatte, zu Besuch gewesen waren. Die Besonder-
heit des Ortes spielte für mich damals keine Rolle, aber es gab
zum Frühstück Brötchen, halbiert und so dick mit Butter
bestrichen, dass ich glaubte, im Scharaffenland zu sein. Und
wenn Tante Hertha durch die geöffneten Fenster von der
Sonne beschienen wurde, sah ich in ihren Ohrringen die
geschliffenen Rubine blitzen, wie rotstrahlende Lämpchen.
Die goldenen Ohrringe mit den kleinen Rubinen habe sie zu
ihrer Konfirmation geschenkt bekommen, hatte sie mir erzählt.
Dass ich mir das gemerkt habe, liegt vielleicht daran, dass ich
keine Ahnung hatte, was Konfirmation ist. Es klang in meinen
Kinderohren irgendwie geheimnisvoll.
Alle anderen Erinnerungen an Tante Hertha sind verständli-
cherweise mehr als blass. Am deutlichsten blieb Tante Hertha
bei mir als diejenige Tante in Erinnerung, die in einem Paket
an meine Großmutter eine Chrom glänzende Spielzeugpistole
für mich beigelegt hatte. Mit dieser 'Pisti' aus Amerika war ich
der ungekrönte Star des Stadtzentrums. Jedenfalls ein paar
Tage lang. Dann waren die Zündblättchen verbraucht und die
Pistole machte nur noch 'klick'.
Hertha ist übrigens die Nichte meiner Großmutter. Sprich -

meine Großmutter und Herthas Mutter waren Schwestern.

Einiges, von dem, was ich von Hertha weiß, habe ich noch aus den Erzählungen meiner Großmutter im Gedächtnis. Manches wusste mein Vater.

In meiner Postkartensammlung, die ich während meiner Schulzeit angelegt hatte, fiel mir dann vor einigen Jahren beim Umzug in eine andere Wohnung, als ich längst keine Postkarten mehr sammelte, zufällig eine Postkarte von Tante Hertha aus New York in die Hände. Ich hatte die Sammlung in nostalgischer Stimmung einfach so quer durchgeblättert. Ein Glück, dass ich diese Postkarte nicht irgendwann mal beim Tauschen mit anderen Kindern eingetauscht hatte!

Die Postkarte zeigt das Gebäude des 'Solomon R. Guggenheimer Museums' in New York. Ein futuristischer Bau.

Der Text auf der Rückseite lautet:
"New York 21.4.1962

Lieber Tomas,
vielen Dank für Deinen Brief. Hoffentlich gefallen Dir die
Marken. Andermal mehr. Das Museum ist ein Geschenk der
Familie, mit der ich seit 2 Jahren zusammen lebe. Es sieht aus
wie eine Bombe - ist aber innen sehr schön, keine Treppen
bis oben langsamer Spirallauf - für Besichtigung prima!
Liebe Grüße von Tante Hertha."

Dass sie meinen Namen falsch geschrieben hat - Tomas ohne
'h'! - habe ich ihr verziehen.

Doch diese Karte machte mich irgendwie neugierig auf sie.

Die Familie Guggenheim, die das Museum der Stadt New York geschenkt hat, ist schließlich keine Allerweltsfamilie. Sie ist eine amerikanische Industriellenfamilie, die aus dem schweizerischen Lengnau stammt und zeitweise den weltweiten Markt für Kupfer, Silber und Blei beherrschte. Die Mitglieder der Familie sind nicht selten mit Mitgliedern der Bankiersdynastie der Rothschilds, der reichsten Familie der Welt, verheiratet.

Wie geriet die Göre vom 'Schlesischen Bahnhof' in den Dunstkreis der Superreichen dieser Welt?

Über Herthas künstlerische Karriere in Amerika ist mir nichts bekannt geworden. Sie hielt sich wohl hinter einem Pseudonym verborgen.
Wenn einer darüber etwas weiß, dann ER. Aber uns gegenüber wird ER schweigen.